岩 波 文 庫

30-256-2

歌舞伎十八番の内

勧　進　帳

郡司正勝校注

岩 波 書 店

目次

凡例

本文庫は、日本古典文学大系98『歌舞伎十八番集』(郡司正勝校注、一九六五年、岩波書店刊)所収の「勧進帳」を原本とし、その語釈注、演出注、さらに「附帳(扮装・鳴物)」を付し、実演台本としての立体化を図り、歌舞伎演出の理解の助けとした。

(本文について)

一、作品の底本については校注者解説中に記した。

一、本文表記は底本どおりを原則としたが、読みやすさを図って、次のような方針に従った。

1　漢字の字体は通行の正字体に統一し、変体仮名は通行の字体に改めた。「ム《ござ》る」「升《ます》」「ゟ《より》」などは台本特有のものであるが、すべて現代表記に直した。

2　仮名づかいと、動詞の送り仮名の有無については、すべて底本のとおりとした。

3　送り仮名が現代の慣用と特に異なっているものは、これを省いた。
(例) 飽び、紫き、心ろ、昔し　↓　飽、紫、心、昔
4　「此《こ》の」や「斯《か》う」などを、現在の慣用に従って仮名表記とした。
(例) 此《この》、爰《こゝ》、其《そ》の、能《よく》、斯《かく》、成《なる》　↓　この、こゝ、その、よく、かく、なる
5　底本に使用したもののうち、活字本は振り仮名が総ルビに近いので、適宜、校注者が取捨した。
6　句読点ならびに清濁は、校注者がその見解によってこれを施し、また改め正した。語釈注、演出注においてもこれに準じた。
7　反復記号は底本のままとしたが、「ゞ」は、漢字の場合は「々」に、仮名の場合は「ヽ」にした。
8　底本の明らかな誤字は正し、脱字は(　)を付して本文中に加え、語釈注に記した。
一、セリフの指定名およびト書き中の人物名は、底本では役者名になっているが、役の人物名に直した。
一、セリフ中に、◯(思入《おもいれ》の記号)の指定のあるものは、そのままとし、特に説明の必

要がある場合は演出注に記した。

（注について）

一、語釈注には、本文の語釈を掲げた。

一、語釈注番号には漢数字を用い、語の右肩に付した。

一、演出注には、演出に関する役者の演技・位置、舞台の様相、下座等を記述した。

一、演出注番号にはアラビア数字を用い、語の左肩に付した。

一、演出注には異なる演出も出来るだけ多く記入した。さらに、諸本のト書きの違いも、必要のあるものは適宜記入した。なお、演出注は現行の演出を中心として記述しているため、底本と異なるセリフになっている場合が多い。底本にも見当たらないものは、現行の他本、または役者による動きと見られたい。

一、語釈注と演出注には、考証にわたる事項、専門的事項、および諸本を比較の上で必要とする場合等についてもそれぞれ記した。

一、〔　〕内は編集部注である。

（校合本について）

校異ならびに参考にした諸本の略号と内容は、次のとおりである。

久　久保田本。明治十六年二月発行、『市川団十郎於家狂言 歌舞伎十八番』、紅英堂板、久保田彦作編

九　九代目団十郎本。堀越秀、明治二十三年七月発行、木版本

一　竹柴本一。竹柴愬太郎蔵。昭和十三年三月、浄写本

河　河竹本。昭和十一年発行、『歌舞伎名作集(下)』評釈江戸文学叢書第六巻、大日本雄弁会講談社、河竹繁俊校訂

本文庫への収録にあたり組版の制約から、諸本との異同を示す異同注は割愛させていただいた。

（岩波文庫編集部）

（校注者解説について）

校注者による解説は、本文庫の原本である日本古典文学大系本より一部編集のうえ再録した。〔　〕内は編集部注である。

校注者解説

郡司正勝

一　歌舞伎十八番の意義と由来

歌舞伎十八番は、かぶき狂言のうちで、特殊な位置を占める一ジャンルである。それはかぶき狂言のうちでも、特に重んぜられる古典であるとともに、市川団十郎家との関連において思い出される点でも、また特殊な性格をもつものである。歌舞伎十八番は、かぶきの歴史の上では、内容には古いものを伝えていても、名称はとくに古いものではない。天保十一年三月、「勧進帳」の初演の際に、その口上看板のなかで、「歌舞妓十八番の内」と銘記したのに始まるものである。石塚豊芥子の『寿十八番歌舞妓狂言考』（以下、『歌舞妓十八番考』と略称）の序によれば、このときに、七代目団十郎は「歌舞妓十八番の家の芸てふ古き狂言を記」した摺物を配った。『歌舞妓十八番考』も、これに刺激されて成ったものだと記している。もっとも、それより約十年以前、天保三年三月、市村座で、七代目が四度目の「助六」を上演した際に、「市川海老蔵流寿狂言　十八番の内」と角書している。しかしこのときは、あくまでも市川家の寿狂言としての十八番で、「歌舞伎十八番」ではなかった。「寿狂言」というのは、江戸三座にあったそれぞれの家の、由緒のある儀式狂言のことで、祝い事その他の記念興行の際に、それぞれの座で出す一幕ずつの放れ狂言である。それに倣って、市川家に由緒のある狂言を、「市川海老蔵流」として、「助六」を特別扱いにしたのによる名称であった。それから八年目の天保十一年に「勧進帳」を上演するに当たり、市川流より歌舞伎十八番になったのである。当時、海老蔵の七代目団十郎が五十歳の齢で、名実ともに、三都に君臨する自信と地位を得たときの発言であることがわかる。したがって一種の僭称でもあった。このことは、さらに二年後には、奢侈僭上のかどで、江戸追放となってあらわれる。

思うに、江戸のかぶき劇壇は、市川団十郎の代々を中心に繁栄してきたともいえるので、江戸劇壇が名実ともに上方を圧して、かぶきを代表した江戸中期以後、三ケ津総芸頭の地位にあった市川家の伝統と勢力は、かぶきの総元締となったのである。三升屋二三治の『戯場書留《しばいかきとめ》』に、「暫、鳴神、毛抜、助六、牢破、矢の根、草摺、外良、相撲、対面、無間、帯引、五人男、清玄、草履打、男達、髪洗、不破名古屋、右十八番といふ事、昔より歌舞妓狂言の言ひならはしにて、木戸前にて人呼に、今は助六ぢや〳〵と呼ぶを、十八番のうち呼ものといふ事の始也。故に今も、浄瑠璃ぢや〳〵、又一番目ぢや〳〵といふ、是より出でしこと。江戸市川代々より八代目に至るまで、狂言組十八番あり、関羽《かんう》、押戻《おしもどし》、暫《しばらく》、七《なな》ツ面《めん》、象引《ぞうひき》、蛇柳《じゃやなぎ》、鳴神《なるかみ》、矢之根《やのね》、助六《すけろく》、嫐《うわなり》、鎌髭《かまひげ》、外郎《ういろう》、不動《ふどう》、毛抜《けぬき》、不破《ふわ》、解脱《げだつ》、勧進帳《かんじんちょう》、景清《かげきよ》、市川歴代相続、寿興行に出之」とあるのを一つの拠所とするのであるが、これを信ずるのには、傍証がもう一つ欲しい。二三治の記述に拠れば、昔から、歌舞伎狂言の十八番というものが、市川家の十八番とは別にあったように受けとれるが、この点なお曖昧である。二三治のいう歌舞伎十八番は、結局、市川家で手がけたものと共通するものが多く、自然二にして一になる事情をもっていたのだともいえる。あるいは、二三治が、十八番という動かせぬ数字に、狂言数を合せるために、数をかぞえ立てたのではないかという疑いもないわけでもない。

十八番を「おはこ」と呼び、お得意のものの意にひろく用いるようになったのは、この歌舞伎十八番から出たことと思われるが、もともと、東洋における十八の名数は、とくにめでたい数であった。河竹繁俊博士も、これに言及され、十八天、十八大経、十八壇林、十八神道、十八松平、十八大通などの慣用語を挙げられたが、その十八番という名称に数を合せようとすること自体が無理で、要するに十八を「おはこ」の意味で、受け継げばよかったのである。

なお、十八番中の「暫」のつらねのうちに、その主人公が、年齢十八歳なることをとくに言挙げしていることが目につく。たとえば、「渋谷の金玉昌俊、年つもつて十八歳、お馴染みの古若衆」（宝暦六年）、「荒獅子男之助茂満は、生年積つて十八町」（明和八年）、「三浦荒次郎義澄、当年積つて四十八歳、四の字をのけて十八歳」（天明八年）、「碓氷の荒太郎貞光といふ股肱耳目の勇力士、当年積つて十八歳」（寛政五年）、「鎌倉権五郎景政、当年積つて十八歳、実を申せば五十四歳」（寛政六年）、「篠塚伊賀守貞綱、当年積つて十八歳、誠は二十市川の」（寛政十年）、「当年積つて十八歳、誠の年は二十八」（文政元年）、「当年積つてまだやう〳〵十八歳」（文政二年）というように、どうして十八歳をとくに数え立てる必要があったのであろうか。いわば、十八歳とは荒事師の重要な資格であったのではないか。そうすれば、荒事を中心とする歌舞伎十八番も、おそらく、毎年繰り返す「暫」の年齢の十八歳と無関係ではないのではないか。あるいは、もとを正せば、荒事には、一種の成年式との関係が含まれていたのかも知れない。十八番を「おはこ」と読むことも、箱入娘、箱入息子などのお箱で、とって置きの、大切なものの義の、ある秘儀をひめていたのではないかと思われる。したがって、歌舞伎十八番も、かならずしも十八に数を合せる必要がないので、松を「十八公」と異称するごとくに、事実、今日までその名を伝えて、その実態の知られぬものがあるのも、かえってその実を示しているように思う。

七代目団十郎は、「助六」に、市川流の「おはこ」を標榜し、「勧進帳」をもってかぶきの権威たらしめるために、かぶき中のかぶきの意味を含めて、十八番と称したのであろう。しかも「助六」は、そのまま古来の市川流を伝承したものであるが、「勧進帳」などは、事実、新作同様だったので、むりにも古びを付けて、その伝統を誇称する必要があった。口上看板にも、初代、二代が演じ、「其後打ち絶え候故私多年右の狂言心かけ、種々古き書物等とりあつめ相調べ候ところ此節やう〳〵調べ候に付き」といっているように、古典復活の意識をはっきりうち出そうとしているのである。

そして、他の作品は、「勧進帳」につられて、次から次へと十八番に登録されていったものと見てよい。伊原青々園も、「十八番のうちの十七番までは勧進帳の御つきあひで出世したやうなものである」（『団十郎の芝居』）といっている。したがって、はじめは必ずしも数を合せようとしたのではなかったのであろうが、後には数の事実に引かれて、むりに数え立てねばならなくなったのであろうと思う。

河竹繁俊博士は、歌舞伎十八番を定義して、「七代目市川団十郎が選定し、自分もその一部を復演したる、市川家代々の当り狂言十八種目を歌舞伎十八番と称す」（『歌舞伎名作集』歌舞伎十八番集解題）といい、その制定の動因を、一に七代目の尚古癖、二に劇壇衰退の局面打開のための復古運動、三に能楽摂取の野望、四に劇壇における七代目の王者的地位の確立にあると指摘され、実際化に当たっては、狂言作者の三升屋二三治が顧問役を勤めたのであろうといわれている（『歌舞伎十八番』歌舞伎十八番物の沿革）。

二　歌舞伎十八番の性格

歌舞伎十八番は、市川家の荒事の芸を中心とするものだといわれている。「矢の根」「暫」「鳴神」など、典型的な荒事だといっていい。「助六」は、荒事のなかに和事味をもちこんだ点と、かなり世話的の味わいをもつ点でユニークであり、荒事の一変貌という面をもっている。これは、その後に固定した「鞘当」にも共通するものがある。「勧進帳」は、七代目によって創られたが、九代目によって完成された点で、はなはだしく明治調であり、また能に接近している松羽目物である点に、他の狂言に見られぬ独自性があるが、もと弁慶の荒事の系統を引くものだといえる。また「毛抜」は、もっとも荒事的な要素が少なく、むしろ御家騒動物中の元禄風の豪快さを加えた家老役の実事に近く、市川家の畑六右衛門などの系統に属するものだといえよう。「不動」「象引」「押戻」「関羽」「解脱」「景清」「鎌髭」などもみな荒事の系譜といえる。なかでも「押戻」「外郎売」「不動」などは、独立した狂言として成立し難く、元来、他の作品のなかの一つのパターンとして存在していたことも、荒事の芸、もしくは十八番のある性格を物語るものである。「外郎売」は、一種の早口の「言い立て」の雄弁術を聞かせる芸で、延年以来の、開口《かいこう》とか連事《つらね》などの系統を引き、さらには、早物語などの民間の話芸の要素をとり入れたもので、「暫」の「つらね」とならぶ系統に属するものである。市川流の荒事でも、ほかに、和藤内(「国性爺合戦」)、車引(「菅原伝授手習鑑」)、天拝山(同)、鳥居前の忠信(「義経千本桜」)、男之助(「伽羅先代萩」)などの名高いものがあるが、いずれも浄瑠璃系の狂言という点で、また、かぶきの荒事を応用したものに過ぎないから、十八番では純粋なかぶきの生育のものだけが選ばれている。

荒事は、上方の和事と並べられて論ぜられるが、柔らかなもの荒っぽいものといった、単に対照的なものでなく、本質はまったく違うものである。荒事の表現は、「荒れ」という様式をとるが、その内容は、単に豪快だというだけでなく、憂鬱かつ憤怒を含んだもので、一種の破壊的エネルギーをもつものである。荒事は、荒れ事であり、もと、みあれの神事とか荒人神事の意であったろうかと思われる。十八番の人物像でいえば、曾我五郎・景清・鳴神・関羽・不破などで、御霊神としての性格をそなえた荒人神で、よく民衆の畏敬の対象となったもので、能にも、天神や一角仙人のごとき、かぶきと同じものがあっても、荒事というような破壊型の生々しい感覚のものは表現されていない。

市川家の代々が、この荒事をもって家の芸としてきたのは、一種の荒人神の信仰に支えられて、民衆の支持を得て成立したからであり、その点に、かぶき独自な境地が見られるものである。また市川家が他家と違って、俳優として特殊な地位を占めてきたのも、この祭式的な荒事芸による力が大きかったからだといえる。その意味で、市川家では、この荒事を誇りにし、大切に取り扱い、特に十八番を選択して、さらに権威を付し、自他ともに再認識することにしたのだと思う。他家でも、これを演ずる場合は、市川家に対して相当の敬意を表し、挨拶をするのが慣例となっており、市川家の方式を尊重してきた。また古来、特に釣看板を出すのも、その特殊性を誇示するためであった。

三　底本の性格と選択

かぶきの台本には、完本といったものが成立し難い事情がある。かぶきの台本は、上演回数を重ねてはじめて価値を生ずるのを建前とし、また上演のたびに書き替えられるのを本来的な前提として成立する性格のもので、文学としての戯曲を前提として成り立つ演劇の台本とは、その性質を異にするものである。言葉をかえていえば、俳優の芸が、戯曲に優先するのである。それでも歌舞伎十八番が、他のかぶき狂言の作品に較べてかなり定着度が強いことは、あるいは随一かも知れない。それは、十八番という称号、特に古典化の意識が働いたためであると考えたい。十八番の内では、「勧進帳」などは、その完成が明治期に入って行なわれたために、生命はいまだ枯渇してはおらず、現代に訴えかける生気を失っていないといえる。また「鳴神」「毛抜」のごとく、あらたにその近代性が買われて復活したものは、古態であるために、その原始性がかえって現代性をもつともいえる。しかし、「暫」とか「助六」などになると、かぶきの伝統によるかなり厚手な技術とムードが支えていない限り、常に生気を失ってゆく危険性に曝されていると考えられる。また「矢の根」とか「鞘当」などになると、その内容とは関係なく、別に伝統的なかぶきの様式性のみをもって支えられ、内容的に現代的意義を求めることが無理になり、古典的価値を認める以外になくなってしまう。現在、歌舞伎十八番の運命には、やや現代的生気を保っている「勧進帳」以外は、この三つの方向があるように思う。

本書〔日本古典文学大系『歌舞伎十八番集』。以下、古典大系本と略す〕に収録された七つ〔「矢の根」「助六」「暫」「鞘当」「勧進帳」「鳴神」「毛抜」〕、または「景清」を加えて、八つの他に、今日、単なる古典趣味でたまに復活上演が試みられ、あるいは新作同様な補綴を見て上演される以外には、残るべき意義をも失ってしまった十八番の他の狂言は、この三つの範疇にも入り得なかったものだと考えることができる。したがって、本書〔古典大系本〕に選ばれた七曲は、その台本と演出が、古いものにせよ、新しい復演ものにせよ、ほぼ固定した古典的姿勢をとって今日行なわれるものである。河竹繁俊博士が校訂された「歌舞伎十八番」の類では、すべて「鞘当」を取りあげてはいないが、本書〔古典大系本〕では演出に型のある「鞘当」を収録し、「景清」は、その台本のみを収めることにした。「鞘当」は、十八番にすることに異論もあろうが、不当でない理由もあることは、同解説に述べたい〔本文庫では割愛〕。

さて、底本選択に当たって問題になるのは、底本として完全に近いもの、もしくは優れたものを選ぶことはいうまでもないが、前述する理由によって、初演のものが必ずしもそれに当たらぬとしたら、比較上の問題にしかならず、それを得るのは至難の業であり、その上、良好の台本を得ても、今日と演出にははなはだ開きがあるとすれば、いよいよ不可能になる。また今日行なわれる十八番の演出は、すべて、必ずしも完全な台本で行なわれているわけではない。したがって演出を主体に考えるならば、台本は現行のものを使用しなくてはならないことになる。こういう矛盾があるので、一つの選択の基準として、今日に伝えられて固定した、基盤となった九代目団十郎の時のものを押えてみることにした。九代目の存生した明治期は、かぶきの古典化が急速に始まった時代であり、定着のなかにも、同時に流動している最後の姿も見られ、硬化した今日のものへの批判も含まれているという意義をもつものと考えたからである。しかしそれとても、同じ九代目のものでも、上演のたびに、また年齢によって演出も変わっており、また九代目が上演したことがなく、それ以後に復活された「鳴神」「毛抜」の類がある。今日の演出の基準は、九代目を新たな出発としているが、すでに九代目のときとは、かなり変化もしていることも事実である。しかも、九代目使用の市川家所蔵の台本は、震災・戦災で焼失している。ただ幸いに、当時のものが「歌舞伎新報」や、久保田彦作編輯のものに活字化されているのである。当時の活版本は、かなり粗雑なところがあり、ことに振り仮名にでたらめなところもあるが、〔古典大系本では〕これを他本をもって修正し、現行本をもって異同を示しながら、そのうちから、「助六」「暫」「鳴神」「毛抜」「景清」を選んだ。また、「矢の根」「勧進帳」「鞘当」などは、かなり所作事化したものであり、ことに前二者における台本の変化は、大きな異動を生じていないので、これらは現行本に近い筆写本によって、完成した姿を示そうとした。なお、「暫」と「鳴神」は、底本が現行本とかなりかけ離れているので、参考として、現行本の全本を附録として、対照するのに便宜ならしめた。その他は、語釈注もしくは補注に、現行本との異同を示した〔本文庫では割愛〕ので、その異同を復元して、現行本の二ないし三本の上演台本を得ることができる。ただし、現行台本でも、かならずしも実際のセリフとなると、一字一句動かせないというものでなく、動かぬ部分と、かなり自由に動いていい部分とがあり、また俳優によってセリフが異なる場合、また上演時間によって伸縮自在なところがあり、それを巧みにアレンジしてゆくのが、かぶき作者の作劇法の一つでもあるといえるので、演出注に出てくるセリフと底本のセリフが異なることがままあることは承知していただきたい。またその現行本も、上演のたびに変化し、その変化が、一つの台本の中に幾通りにも書き込まれているのが実際で、それらの変化を克明に読みとるならば、俳優の出演の人数の都合や、階級の別、実力の違い、役柄の差異、または襲名とか、いろいろの楽屋内の都合や事情がわかるのである。また、役名も、それらの変化に伴って変化するのは、俳優の実名をセリフの中に読み込んだり、俳名を役名に用いた「鳴神」の例があり、「暫」の主人公のごとき、上演のたびに、その名を変ずるものもあるので、外国の戯曲や近代劇では考えられないことが起っている。その特色をも見ていただきたい。

四 「勧進帳」について

由 来

歌舞伎十八番中、もっとも新しく成立し、もっとも人気のある狂言である。したがって、その変遷経過もかなりはっきりしている。いったい勧進帳を題材とした狂言は、初代団十郎時代からあったが、この作品はまったくあらたに、能の「安宅」から作られたものであり、「歌舞伎十八番」と銘を打ったうちでは、もっとも新しいものである。むしろ歌舞伎十八番は、この「勧進帳」の成立を契機として打ち出されたものであるといっていい。

「勧進帳」は天保十一年三月、河原崎座で、「歌舞妓十八番」と銘打って、市川海老蔵(七代目団十郎)によって初演された。あきらかに、能を意識して作られたもので、天保期の能趣味の風潮と七代目団十郎の僭上精神に乗ずるものであった。七代目が奢侈のかどで江戸追放になるのは、その二年後のことである。伊原青々園も「能楽の頽廃と、もう一つは平民の僭上から来て居ると思つて居る」(『団十郎の芝居』)と述べている。九代目は、さらにその線上にこの「勧進帳」を押し進めて、明治の高尚趣味の風潮に見事に乗り、天覧劇にまでこぎつけた作品でもある。詞章は、立作者の三代目並木五瓶、長唄作曲は、四代目杵屋六三郎(後の六翁)、振附は四代目西川扇蔵である。これが出来る経緯については、市川三升の『九世団十郎を語る』に、当時上方に「泉《せん》祐能《すけのう》」という、三味線入りの能が行なわれていたのに気付き、また自分も京橋弓町の観世舞台を内々見学したことにより、作品は、できるだけ能写し、これに当時講談界で聞えた、講釈師の伊東燕凌を自宅に招き、「山伏問答」を口演させ、これを加えたという。また、はじめは竹本と長唄の掛合にする積りだったとも記している。なお、作者並木五瓶の子であった並木五柳の『五柳耳袋』には、多少違う記載がある。「勧進帳」の名称は、能の「安宅」を避け、観世流の重習いの小書の名称をとったものと思われる。

「勧進帳」に至るまで

本作品は、直接に、能の「安宅」に拠ったので、他の十八番物のごとく、作品系列をとくに詮索する必要はないが、勧進帳の趣向はかなり古くから行なわれており、ことに弁慶を荒事で勤める系譜があった。七代目団十郎が、十八番の筆頭に持ってきた理由は、初代団十郎が、元禄十五年二月、中村座で「星合《ほしあい》十二段」で、三升屋兵庫の作名で、自作自演の弁慶を演じた縁によるので、天保の初演のときの番附にも、「元祖市川団十郎百九十年寿狂言十八番の内」とし、この年は、元祖団十郎の生誕百九十年にあたるが、取り越して二百年の賀として記念興行をするのだという意味を述べている。この安宅劇は、素材を『義経記』や幸若の「富樫」「笈《おい》さがし」に求めるまでもなく、謡曲に直接に拠ったのであるが、浄瑠璃系では、近松の「凱陣八島《がいじんやしま》」(貞享元年?)、「文武五人男」(元禄八年三月)、「孻静胎内捃《ふたりしずかたいないさぐり》」(正徳三年五月)などのほかに、土佐節・一中節・河東節などにも行なわれてきており、かぶきでも、前述の「星合十二段」以後は、「新版高館弁慶状」(元禄十五年七月)、「雪梅顔見勢《むつのはなうめのかおみせ》」(明和六年十一月、隈取安宅松)、「日本第一和布刈神事《にっぽんだいいちめかりのしんじ》」(安永元年十二月)、「御摂《ごひいき》勧進帳」(安永二年十一月)、「筆始勧進帳」(天明四年一月)、「けいせい蝦夷錦」(寛政元年九月)、「大侠《だいだんな》勧進帳」(寛政二年十一月)などに、勧進帳の趣向がもちこまれている。ことに、長唄の方では、本曲とならんで「安宅の松」が名高い。

初演

七代目団十郎の初演の「勧進帳」を上演するに当たって、次のごとき看板および番附に口上を出した。

乍レ憚以二口上書ヲ一奉二申上一候

御町中様益御機嫌能被レ遊二御座一、恐悦至極奉レ存候、随て当春狂言殊之外御意に叶、古今稀成る大入大繁昌仕候儀、座元権之助並私義不レ及二申上一、此度再勤仕候尾上菊五郎始め、惣座中難レ有仕合奉レ存候、分けて申上候は、私元祖より伝来候歌舞妓十八番之内、安宅之関弁慶勧進帳之儀は、元祖市川団十郎才牛初て相勤、二代目団十郎栢莚迄は相勤候得共、其後打絶候故、私多歳右之狂言心掛、種々古き書物等取集相調候処、此節漸々調候に付、幸元祖才牛儀、当年迄百九十年に及候間、代々相続之寿二百年之取越として、右勧進帳之相勤申候、右勧進帳狂言之儀は、外記様の物にて、余り古代に相成候間、幸ひ杵屋六三郎義は、私幼年より之朋友、此度一世一代として、三味線手事節付新たに致させ、楼門五三桐とお半長右衛門、間にて相勤奉レ入二御覧一候、誠に古代にて、御意に叶ひ候義は有レ之間敷候得共、先祖之俤とし、市川代々御贔屓之御余光にて、二百年来の御取立と

被二思召一、被二仰合一賑々敷御見物之程、偏に奉レ希候、以上

三月　　　　　　　　　　　　　　　　　市川海老蔵

慶安四年より天保十一歳迄　　　　　百九十歳寿興行

この気負った初演も、評判記では不評の向きもあった。『役者舞台扇』(天保十二年正月板)には、「(頭取)此時市川の元祖才牛丈百九十年の寿狂言として歌舞妓十八番のうち勧進帳の弁慶を出されました。白猿丈年来工夫いたしおかれたる事にて初日より大繁昌尤弁慶には古実がござります。(見功者)其事はとうから聞てゐる。能の弁慶は人目には弁けいと見へぬやうに出たるが古実狂言の弁けいは弁慶と見へねばならぬゆへ能狂言とかぶきとをとりあはせて工夫ありたるよし。それゆへ皆かたづをのんで見物しました。(頭取)さればこそ日数永く大入でござりました。(芝居好)おいらたちはやつぱりたて狂言がおもしろいあまり弁慶にばかりこられたせいか一こともいつもほど役にたましいがないやうに思はれた…」(市川海老蔵の条)と評されている。

河竹博士の解説によれば、この時、能装束は、ひそかに、かぶき役者などには売らぬ能装束御用達の関岡から手に入れ、楽屋から揚幕まで毛氈を敷かせ、舞台も能舞台

移しの松羽目物でゆき、能と同様に幕が明いてから、長唄囃子連中が、しずしずと出て、席につくという演出の仕方で、このとき、長唄も、芳村伊十郎と三絃の杵屋長次郎、岡安喜代八と三絃の杵屋六三郎の両タテが、両方に分かれて雛段にのぼるといった、タテ分かれの嚆矢とされている。伊原青々園は『団十郎の芝居』で、故梅若実に聞いた話として、見物にきた観世清孝の意見を求めたが笑って結構だとばかりいっているので、七代目は「かりそめにも、あなた様から結構だといふ御声がゝりを戴けば、明日から好い心持で芝居が出来ます る、御かげさまでセイセイいたしました」と一礼したことが記されている。また、小判番附によると、弁慶・義経・富樫の三人の位置は、翁・千歳・三番叟の位置とおなじで、市川家十八番の翁を意識したところがあったと思われる。四方梅彦は、七代目と九代目を比較して、延年の舞などは九代目になっておもしろくなったが、七代目ほど九代目に凄みがない、やっぱり親は親だといっている。青々園は「七代目のやり方は、他の十八番物のやうに、荒事の心持で演じたのであるまいか。それなれば、むしろ穿きちがひである。でなくても、七代目の方は歌舞伎味が多くて、九代目はそれに一層の能楽味を加へたのだらうといふ事が推測し得られる」といっている。

九代目と「勧進帳」

九代目団十郎は、生涯に、十九回「勧進帳」の弁慶を演じた。初めて演じたのは、安政六年の市村座で、時に二十二歳であった。また最後は、明治三十二年の歌舞伎座で、富樫は五代目菊五郎の初役で、しかも終演であった。また、このうちには、明治二十四年に行なわれた天覧劇で「勧進帳」を勤めている。これらの弁慶は、若年・中年・晩年とその演技に変化が見られる。市川三升も、「若い時は相応に派手であつたが、回を重ねるに従ひその演技も渋くなつて」(『九世団十郎を語る』)いったと記している。初代の市川猿之助(後の段四郎)は若い時のに、十一代目団十郎や七代目松本幸四郎のは晩年の型によったものである。また九代目は、顔なども若い時には念入りに作ったものであるが、晩年にはほとんど素顔といってもよいほどであったとされる。晩年の写真には地頭に兜巾《ときん》を頂いたのがある。また演出上でも、青々園が指摘した能がかりに一歩でも余計に近づこうとして、七代目とはかなりの違いが出来たようである。十代目団十郎も「父の弁慶」(『九世団十郎を語る』)で、「父はこの一幕を出来るだけ荘重なものにしよう。それには能のよい所を十分に取入れなければならない。着付の如きも能衣裳を基礎とすべきであると、いろ〳〵に工夫し四天王の如きも軽衫をつけてゐたのを父は大口に直したなど、だが、此の能衣裳を手に入れるには一通りの苦労ではなかつた」といっている。

　また九代目の能趣味を助けた人に、山内容堂があって、「安宅」の能装束を贈っており、しばしばそれを用いたという。また番卒は、これまで鬱金地に白の筋の入った軍兵姿であったのを、現行のような能狂言式の着付に直した。また、京師の金剛に習い、狂言師鷺伝右衛門より指南をうけて、延年の舞を改良したともいう。ことに明治二十年の天覧劇においては、「勧進帳」を見て貰うためであったことは、天覧劇後に発行された勧進帳板権本の巻頭序文に、この天覧劇のことをいい、「此の勧進帳をもて主とせる出しものとはなしにき」と述べているのでもあきらかである。すなわち、この二十年の天覧劇をもって「勧進帳」の決定版たらしめようとする意図があきらかで、さらに権威を付けたわけになる。したがって、その天覧劇の上演にあたっては、あらかじめ詞章にも眼を通し、依田学海に託して、訂正する箇所は訂正したといわれる。また、昔は花道で常陸坊が真先になって刀に手をかけたが、天覧劇のときから、四天王の三人が刀に手をかけるのを常陸坊が留める型になったという。

この作品の特色は、なんといっても、九代目が勤めた高尚ということ、明治の改良運動が指摘した猥雑に近い極彩色を本体とする歌舞伎からすれば墨絵に近い点に特色があるが、同時に、青々園のごとく、かぶきの特色である女方がひとりも出ないところに、むしろ弱点を見ることもできる。ただ富樫が、能の本文とはちがう、情を知った武士という性格が付与されており、かなり複雑なものが動くので、能が、山伏の威勢に圧されて通したというのとは意味がちがっている点に、かぶきらしい特色がある。ただし、はじめは「近頃誤つて候」と能の本文とおなじで富樫の腹はあきらかではないが、三度目の台本から「疑へばこそ斯かる折檻をしたまふ」という愁いの表現ができるセリフを挿入し、富樫が弁慶の腹を汲んで、義経と知りながら通してやるという意味があきらかになっているので、この点は青々園も『団十郎の芝居』で指摘している。また能では、主従十二人が出るのに、かぶきでは四天王ほか六人になっている。また能では、義経を子方が勤めるのを、初演のときは若衆方で、のちには、二枚目風に勤めるのが変化である。また能は、三読物の一つとして勧進帳の読み上げを重習いとするほど、そこが中心におかれるが、かぶきでは、むしろ問答からあとの延年の舞が見所となっており、重点がかなり変化しているのが見られる。三木竹二は作品がよく出来ていることをいい、「忠臣蔵などと同じ様に独参湯の名を負はせて末代に伝ふべきものならん」(観劇偶評、明治二十六年五月「月草」)と評したが、今日そのような位置を占めるものといっていい。

九代目以降は、「勧進帳」の上演回数は圧倒的で、とくに七代目松本幸四郎のごときは、千八百回も演じたといわれる。むしろ今日、「勧進帳」が十八番中もっとももてはやされるのは、七代目松本幸四郎の弁慶が、九代目以後抜群の傑作を示したからであったことによるといっていい。

底　本

底本は、昭和十八年十二月、七代目松本幸四郎が、歌舞伎座で上演したものを基とした(松竹の撮影した記録映像がある。『歌舞伎名作撰　勧進帳』松竹／NHKエンタープライズ)。「勧進帳」が、諸本にほとんど大きな異同の認められないことは「矢の根」と匹敵する。所作事化しているからである。なお、戦時中、読み上げのなかで、聖武帝に関する文句は、削除されたことがあるが、戦後復活している。

五　参考文献（多くの参考文献の中から、演出を中心とするものを主として選んだ）

総　説

石塚豊芥子『寿十八番歌舞妓狂言考』（新燕石十種、第三）嘉永元年
松居松葉編『団洲百話』金港堂、明治三十六年
山田春塘「歌舞伎十八番考」演芸画報、明治四十一年七―十月
河竹繁俊校訂『歌舞伎名作集（下）』（評釈江戸文学叢書第六巻）大日本雄弁会講談社、昭和十一年
同校注『歌舞伎十八番集』（日本古典全書20）朝日新聞社、昭和二十七年
同『歌舞伎十八番――研究と作品』豊国社、昭和十九年
伊原青々園『団十郎の芝居』早稲田大学出版部、昭和九年
戸板康二『歌舞伎十八番』中央公論社、昭和三十年
戸板康二編、河竹繁俊、山本二郎、郡司正勝本文校訂『歌舞伎名作選　第十五巻』東京創元社、昭和三十一年
渥美清太郎『歌舞伎狂言往来』歌舞伎出版部、昭和二年

金沢康隆『市川団十郎』青蛙房、昭和三十七年

勧進帳

伊坂梅雪『勧進帳考』玄文社、大正六年
尾上菊五郎「十八番勧進帳」(『藝』改造社、昭和二十二年所収)
川尻清潭「勧進帖今昔物語」(『演技の伝承』演劇出版社、昭和三十一年所収)
河原崎長十郎「勧進帳の研究」前進座一―三号、昭和三十八年
同「勧進帳の型」歌舞伎六七、六八号、明治三十八年十一、十二月
河竹新七「勧進帳興行年表」歌舞伎新報四―七号、明治十二年三、四月
同「勧進帳考」歌舞伎新報九号、明治十二年四月
関根正直「歌舞伎十八番の勧進帳になるまで」歌舞伎六ノ一、昭和五年一月
遠藤為春、川尻清潭「歌舞伎型十八種勧進帳」演芸画報、大正九年一月
渥美清太郎「勧進帳の由来」演芸画報、大正十四年四月
三島霜川「勧進帳鑑賞往来」演芸画報、昭和七年十二月、昭和八年二―四月
並木五柳「五柳耳袋」歌舞伎新報九八六、九八八号、明治二十二年二、三月

本書〔古典大系本〕の刊行にあたって、河竹繁俊先生ならびに十一代目市川団十郎氏のご支持および校閲を受けたことを厚く御礼申上げる。また八代目松本幸四郎氏には延年の舞をいく度も舞っていただいたし、中村芝鶴、中村又五郎氏には、演技・扮装の面でご教示をいただき、鳴物や附帳の点で、田中伝左衛門、望月太意之助氏に、小道具では藤浪与兵衛氏に、お教えをいただいた。特に、狂言作者の竹柴愬太郎氏には、各種の現行本を提供していただき、終始質問に答えられ、また全面的に目を通していただき、ご面倒をお願いしたことを感謝する。また、国会図書館の鈴木重三氏には、助六の台本のことで、演劇博物館の菊池明氏には、同館資料についてお世話になった。なお、原稿整理・調査・浄写、および用語一覧の作製等について、ご協力を得た玉川大学助教授上原輝男氏、また、主として『役者論語』について、校正・調査・整理に面倒をみていただいた、早稲田大学講師鳥越文蔵氏に御礼申上げる。ほかに、長いこと参考資料を拝借した、鈴木悌二氏、小出博氏、また調べものに協力を願った内山美樹子修士、清書を願った中村哲郎氏など、多くの方々のご協力を得た。最後に、浄書に勤めてくれた故哲子の霊の冥福を祈る。

この解説は、本文庫の原本である郡司正勝校注『歌舞伎十八番集(日本古典文学大系98)』(岩波書店、一九六五年)所収の「解説」を編集再録したものである。同書には「勧進帳」以外の十八番作品として「矢の根」「助六」「暫」「鞘当」「鳴神」「毛抜」「景清」の七作品が収録されている。再録にあたり同書所収の「解説」のうち、「二　収録作品以外の十八番」の節を割愛し、「四　底本の性格と選択」における「勧進帳」以外の作品解説を割愛させていただいた。

(岩波文庫編集部)

勧《くわん》進《じん》帳《ちやう》

〔安宅新関の場〕[一]

〔役人替名の次第〕[二]

一 武《む》蔵《さし》坊《ばう》弁《べん》慶《けい》　一 番《ばん》卒《そつ》
一 源《みなもとの》義《よし》経《つね》　一 同
一 亀《かめ》井《ゐの》六《ろく》郎《らう》　一 同
一 片《かた》岡《をか》八《はち》郎《らう》　一 太刀持[三]
一 駿《する》河《がの》次《じ》郎《らう》　一 富樫左《とがしのさ》衛門《ゑもん》
一 常陸《ひたち》坊《ばう》海《かい》尊《そん》

長唄囃子《はやし》連中

本舞台、花道とも置舞台を敷きつめ、向《むか》ふ、松を描きたる鏡板、左右若竹の書起し、正面高足《たかあし》の壇、毛氈《まうせん》を掛け、これに[1]長唄連中居並び、この下に囃子連中居並ぶ。上《かみ》の[2]方切戸口《きりどぐち》、下《しも》の方及び向ふ[3]揚幕《あげまく》の出入り、総《すべ》て[四]本行好《ほんぎやう》みの通り飾りつけよろしく、片シヤギリにて幕明く[4]。

[5]ト下手《しもて》揚幕より[6]富樫ノ左衛門、素襖《すあうな》形り、立烏帽子《たてゑぼし》白の鉢巻、小サ刀を差し、中啓《ちうけい》を持ち出る。後より太刀持、[7]番卒三人附添ひ出て、よろしく居並び、

富樫　[8]「斯様《かやう》に候《さうら》ふ者は、加賀ノ国の住人、富樫ノ左衛門にて候《さうらふ》。さても頼朝義《よりともよし》経御仲《つねおんなか》不和とならせ給ふにより、判官《はうぐわん》どの主従、[五]作《つく》り山伏となり、[六]陸奥《みちのく》へ下向《げかう》あ

るよし、[七]鎌倉殿聞《きこ》し召し及ばれ、国々へ[八]新関《しんせき》を立て、山伏を堅《かた》く詮議《せんぎ》せよとの厳命によつて、それがし[10]この関を相守る。[9]方々《かたがた》、[11]左様《さやう》心得てよからう」

番卒甲「ハ、仰せのごとく、この程も怪しげなる山伏を捕へ[九]梟木《けうぼく》に掛け並べ置きましてござりまする」

番卒乙「随分物に[一〇]心得、われ〱御後《おあと》に控へ、もし山伏と見るならば、御前《ごぜん》へ引き据ゑ申すべし」

番卒丙「[一一]修験者《しゆげんじや》たるもの来りなば、即座に縄かけ、打捕るやう」

番卒甲「いづれも警固」

三人「いたしてござる」

富樫「[一二]いしくも各々《おの〱》申されたり、猶《なほ》も山伏来りなば、謀計《はかりごと》を以て虜《とりこ》となし、鎌倉殿の御心《みこゝろ》安んじ申すべし。方々、きつと[一三]番頭仕れ」

三人「畏《かしこ》まつて候」

12（ト皆々上手《かみて》へ行き、富樫は葛桶《かつらをけ》にかけ下手《しもて》向きに居る。その後に太刀持従ひ、番卒は正面に居並ぶ。次第になり）

13〽旅の衣《ころも》は[一四]篠懸《すゞかけ》の、旅の衣は篠懸の、[一五]露けき袖《そで》やしをるらん。14〽時しも頃は[一六]如月《きさらぎ》の、如月の十日《とをか》の夜《よ》、[一七]月の都を立ち出でて、

（ト三絃入り、大小寄せになり）

15〽[一八]これやこの、行くも帰るも別れては、知るも知らぬも、[一九]逢坂《あふさか》の山隠す16霞ぞ春はゆかしける、[二〇]浪路はるかに行く舟の、[二一]海津《かいづ》の浦に着きにけり。

（トこの内、向ふより、源義経、[二二]水衣大口形《みづごろもおほくちな》り、小刀《ちひさがたな》を着け、[二三]笈《おひ》を背負ひ、[二四]網代笠《あじろがさ》を左手に提《さ》げ、[二五]金剛杖《こんがうづゑ》を右脇にかいこみ出で来り、花道よきところにて17一寸振あつて納り、裏向きになる。続いて亀井ノ六郎、片岡八郎、駿河ノ次郎、常陸坊海尊の順にて、

いづれも水衣大口形り、結袈裟《むすびげさ》、兜巾《ときん》、小刀、珠数《じゆず》、中啓を着け出で来り、順次義経の右に裏向きに居並ぶ、[18]後より武蔵坊弁慶同じく山伏形りにて出で来る。義経等表向きになり、弁慶義経に対して立ち、四天王皆々下にゐる。[二六]文句一ぱいに納まつて）

義経「[19]いかに弁慶〇（ト弁慶下にゐる）道々も申すごとく、かく行く先々に関所あつては所詮《しよせん》、陸奥《みちのく》までは思ひもよらず。名もなき者の手にかゝらんよりはと、覚悟は疾《とく》に極めたれど、[二七]各々の心もだし難く、弁慶が詞《ことば》に従ひ、かく[二八]強力《がうりき》とは姿を替へたり。面〳〵《めん〳〵》計《はか》らふ旨《むね》ありや」

亀井「さん候《ざうらふ》。帯《たい》せし太刀は何の為、いつの時にか血を塗らん、君御《おん》大事は今この時」

片岡「一身の臍《ほぞ》をかため、関所の番卒切り倒し、関を破つて越ゆるべし」

駿河「多年の武《ぶ》恩《おん》は、今日《こんにち》只今、いでや関所を」

三人「踏み破らん」

[20](ト三人立上り刀に手をかけ舞台を見込んで気込む、常陸坊手をあげて、これを止めるこなし)

弁慶 [21]「やあれ暫《しばら》く、御待《おんま》ち候へ。○(ト立ちこれをとゞめる、[22]三人向き直つて下にゐるを)[23]これは由々《ゆゝ》しき御大事にて候。この関一つ踏み破つて越えたりとも、又行く先々の新関に、かゝる沙汰のある時は、求めて事を破るの道理、たやすく陸奥《みちのく》へは参り難し、それ故にこそ、袈裟《けさ》、兜《と》巾《きん(の)の》を退けられ、笈《おひ》を御肩《おんかた》に参らせて、君を[24]強力と仕立て候。○(ト下にゐて)とにもかくにも、それがしに御任《おんまか》せあつて、[25]御痛《おんいた》はしくは候へども、御笠《おんかさ》を深々《ふかぶか》と召され、如何にも草臥《くたび》れたる体《てい》にもてなし、我れ〳〵より[26]後《あと》へ引下がつて、御通《おんとほ》り候はゞ、二九なか〳〵人は思ひもより申すまじ。はるか後《あと》より三〇御入《おんい》りあらうずるにて候」

義経「とにもかくにも、弁慶よきに計らひ候へ。[三]方々違背《ゐはい》すべからず」

四人「畏《かしこ》まつて候」

弁慶「[27]さらばいづれも御通り候へ」

四人「心得申して候」

〽いざ通らんと旅衣《たびごろも》、関のこなたに立かゝる。

[28](ト四天王立上り裏向きになり、義経も裏向きにて笠をつける。弁慶はこの後を通り舞台へ行く。亀井、片岡、駿河、常陸坊これに従ひ、続いて義経も舞台に来り、下手寄りに住ふ。四天王はこの後に住ふ。弁慶前へ出て、富樫の方に向ひ)

弁慶「いかに、これなる山伏の、御関《おんせき》を罷《まか》り通り候」

番卒甲「なに、山伏のこの関へ」

三人「かゝりしとな」

富樫「何と、山伏の御通りあると申すか。[29]心得てある。○(ト立つて来り)のう〱客[三二]僧達、これは関にて候」

弁慶「承り候。これは南都《なんと》[三三]東大寺建立《こんりふ》の為、国々へ客僧を遣《つか》はされ、北陸道《ほくろくだう》[三四]はこの客僧承つて罷り通り候」

富樫「近頃殊勝《しゆしよう》には候へども、この新関は山伏たる者に限り、堅く通路なり難し」

弁慶「心得ぬ事どもかな。して、その趣意は」

富樫「さん候。[30]○(ト両人きつぱり正面になり)頼朝義経御仲《おんなか》不和とならせ給ふにより、判官《はうぐわん》どの主従、奥秀衡《おくひでひら》を頼み給ひ、作り山伏となり下向ある由、鎌倉殿聞し召し及ばれ、かく国々へ新関を立てられ、それがしこの関を承る」

番卒甲「山伏を詮議せよとのことにて、我れ〱番頭仕る」

番卒乙「殊に見れば、大勢の山伏達」

番卒丙「一人《いつちにん》も通すこと」

番卒甲「まかり」

三人「ならぬ」

弁慶「委細承り候、それは、作り山伏をこそ留《とゞ》めよとの仰せなるべし。誠の山伏を留めよとの、仰せにては候まじ」

番卒甲「いゝや、昨日《きのふ》も山伏を、三人まで斬《き》つたる上は」

番卒乙「たとへ誠の山伏たりとも、容赦《ようしや》はならぬ」

番卒丙「たつて通らば、一命にも」

三人「及ぶべし」

31 弁慶「さて、その斬つたる山伏、首は判官どのか」

富樫「[32]あらむづかしや、問答無益《むやく》、一人《いつちにん》も通すこと」

番卒甲「[33]まかり」

三人「ならぬ」

[34](ト富樫上手へ戻り、葛桶にかゝる)

弁慶「[35]言語道断《ごんごだうだん》、かゝる不祥《ふしやう》[三五]のあるべきや。この上は力及ばず。さらば最期《さいご》[三六]の勤めをなし、尋常[三七]に誅《ちう》せられうずるにて候。方々、近う渡り[三八]候へ」

四人「心得て候」

弁慶「[36]いで〱、最期の勤めをなさん」

[37](ト弁慶後見座へ行く)

[38]〽それ山伏といつぱ、[39]役《えん》[三九]の優婆塞《うばそく》の行儀《ぎやうぎ》[四〇]を受け、[40]即[四一]身即仏の本体を、[41]こゝにて打留め給はん事、[42]明王《みやうわう》[四二]の照覧《せうらん》はかり難う、熊野《ゆや》[四三]権現《ごんげん》の御罰《おばつ》あたらんこと、[43]立所《たちどころ》に

於て疑ひあるべからず[四四][44]唵阿毘羅吽欠《おんあびらうんけん》と、[45]珠数さら〳〵と押揉《おしも》んだり。

（トこのうち、四天王出て[四五]四菩薩に擬《ぎ》し、よろしく四つ目《め》に住ふ。弁慶この直中へ入り、祈りよろしくあつて納る）

富樫「近頃殊勝の御《おん》覚悟、先に承り候へば、南都東大寺の[四六]勧進《くわんじん》と仰せありしが、勧進帳御《ご》所持なきことはあらじ、勧進帳を遊ばされ候へ。これにて聴聞《ちやうもん》仕らん」

弁慶「なんと、勧進帳を読めと仰せ候な」

富樫「[46]如何にも」

（ト弁慶[47]思入《おもいれ》あつて）

弁慶「[48]ム、○心得て候」

〽元より勧進帳のあらばこそ、笈の内《うち》より[四七]往来《わうらい》の巻物一巻《いちくわん》[49]取出だし、勧進帳と名附けつゝ、高らかにこそ読み上げけれ。

（ト四天王元の座へ戻る。[50]弁慶後見座より一巻を持ち出て、読み上げにかゝる）

[51]弁慶「それ、つら〳〵[四八]おもん見れば○（[52]ト富樫立つて来て、勧進帳を差覗《のぞ》く。弁慶心附きはつと双方《さうはう》顔見合せ、弁慶巻物を隠すやうに、双方身をそむけてよろしく極る。富樫向き直り、弁慶更に巻物を構へじりじりと富樫の方へ向き）[四九]大恩教主《だいおんけうしゆ》の秋の月は、[五〇]涅槃《ねはん》の雲に隠れ、[五一]生死長夜《しやうじぢやうや》の永き夢、驚かすべき人もなし。[53]こゝに中頃《なかごろ》、帝《みかど》おはします○（[54]ト皆々頭を下げる）[五二]御名《おんな》を聖武皇帝と申し奉り、最愛の[五三]夫人《ぶじん》に別れ追慕やみ難く[五四]涕泣《ていきふ》、眼《まなこ》にあらく、涙玉《なんだたま》を貫く、[五五]思ひを先路《せんろ》に翻《ひるが》へし上求菩提《じやうぐぼだい》の為、[五六]盧《る》遮那《しやな》仏《ぶつ（と）》を建立《こんりふ》仕給ふ。然るに去《い》んじ[五七]治承《ぢしよう》の頃焼亡し畢《をは》んぬ。[五八]かほどの霊場絶えなんことを歎き、[五九]俊乗坊重源《しゆんじようばうちようげん》勅命を蒙《（な）かうむ》つて、[六〇]無常の観門に涙《なんだ》を落し、[六一]上下《しやうげ》の真俗を勧めて、彼の霊場を再建《さいこん》せんと諸国に勧進す。[六二]一紙半銭奉財の輩《ともがら》は、現世《げんぜ》にては無比の楽《らく》に誇り、[六三]当来《たうらい》にては[六四]数《す》千蓮華《せんれんげ》の上に坐せん。[六五]帰命稽首《きみやうけいしゆ》、敬《うやま》つて白《まを》す」

へ天も響けと読み上げたり

55（ト巻物を巻き剣に擬し、右手に珠数を羂索《けんさく》[六六]に見立て、左手に不動明王の形に極る）

富樫「勧進帳聴聞の上は、疑ひはあるべからず。56さりながら、事のついでに問ひ申さん。世に仏徒《ぶつと》の姿、さまざまあり、中《なか》に山伏は、いかめしき姿にて、仏門修行は57訝《いぶ》かし、、これにも謂《いは》れあるや如何《いか》に」

弁慶「お、、その来由《らいゆ》いと易し。それ修験《しゆげん》の法といつぱ、58胎蔵《たいざう》[六七]、金剛の両部《りやうぶ》を旨《むね》とし、嶮《けん》山悪所を踏み開き、世に害をなす、悪獣毒蛇《あくじうどくじや》を退治して、現世《げんぜ》愛民《あいみん》の慈愍《じみん(の)》を垂《た》れ、或ひは難行苦行《なんぎやうくぎやう》の功を積み、悪霊亡魂《あくりやうぼうこん》を成仏得脱《とくだつ》させ、日月清明《じつげつせいめい》、天下泰平《てんがたいへい》の祈禱《きたう》を修《じゆ》す。かるが故に、59内《うち》には慈悲の徳を納め、表に降魔《がうま》の相を顕《あら》はし、悪鬼外道《げだう》を威服せり。これ神仏の両部にして、60百八[六八]の珠数に仏道の利益《りやく》を顕はす」

富樫「して又、袈裟衣《けさころも》を身にまとひ、仏徒の姿にありながら、額《ひたひ》に戴く兜巾は(な)いかに」

[61]弁慶「即ち、兜巾篠懸《すゞかけ》は武士《ぶし》の甲冑《かつちう》に等しく、腰には[六九]弥陀《みだ》の利剣を帯《(の)たい》し、手には釈迦《しやか》の金剛杖《こんがうづえ》にて、[62]大地《だいち》を突いて踏み開き、高山絶所を縦横《じうわう》せり」[63]

富樫「寺僧は[七〇]錫杖《しやくぢやう》を[64]携《たづさ》ふるに、山伏修験の金剛杖に、[七一]五体を固《かた》むる謂《いは》れはなんと」

[65]弁慶「事も愚かや、金剛杖は、[七二]天竺檀特山《だんとくせん》の神人《しんじん》、[七三]阿羅邏仙人《あららせんにん》の持ち給ひし霊杖《れいちやう》にして、胎蔵《たいざう》金剛の功徳《くどく(な)》を籠めり。釈尊《しやくそん》いまだ[66][七四]瞿曇沙弥《くどんしやみ》と申せし折、阿羅邏仙に給仕して[67]苦行したまひ、や丶[68]功積る。仙人その信力強勢《しんりきがうせい》を感じ、瞿曇沙弥を改め、[七五]照普比丘《せうふびく》と名付けたり」

富樫「して又、修験に伝はりしは」

弁慶「阿羅邏仙より照普比丘に伝はる金剛杖、かゝる霊杖なれば、我が宗祖役《しゆうそえん》の行者[69]、これを持つて山野を跋渉《ばつしやう》し、それより世々にこれを伝ふ」[70]

富樫「仏門にありながら、帯せし太刀はたゞ物嚇《おど》さん料《れう》なるや。まこと害せん料なるや」

弁慶[71]「これぞ案山子《かゝし》の弓矢に似たれど、嚇しに佩《は》くの料ならず、[72]仏法王法《ぶつぽふわうほふ》に害をなす、悪獣毒蛇は言ふに及ばず、たとはゞ人間なればとて、世を妨《さまた》げ、仏法王法に敵する悪徒は、一殺多生《いつせつたしやう》[七六]の理によつて、直ちに切つて捨つるなり」

富樫[73]「目に遮《さへぎ》り、形《かたち》あるものは切り給ふべきが、もし無形《むぎやう》の陰鬼《いんき》陽魔《やうま》、仏法王法に障碍《しやうげ》をなさば、何を以て切り給ふや」

弁慶「無形の陰鬼陽魔亡霊は、九字《くじ》[七七]真言《しんごん(の)》を以て、これを切断《せつだん》せんに、何の難きことやあらん」

富樫「して、山伏の出立《いでたち》は」

弁慶「即ち、[74]その身を不動明王の尊容《そんにょう》に象《かたど》るなり」

富樫「頭《かしら》に戴く兜巾《(な)》は如何に」

弁慶「[75]これぞ[七八]五智の宝冠にして、[七九]十二因縁《いんねん》の襞《ひだ》を取つて是れを戴く」

富樫「掛けたる袈裟は」

弁慶「[八〇]九《く》会《ゑ》曼陀羅《まんだら》の柿の篠懸《すゞかけ》」

富樫「足にまとひしはゞきは如何に」

弁慶「[八一]胎蔵黒色《たいざうこくじき》のはゞきと称す」

富樫「して又、[76]八つのわらんづは」

弁慶「八葉《はちえふ》の蓮華《れんげ》を踏むの心なり」

富樫「出で入る息は」

弁慶「77[八二]阿吽《あうん》の二字」

富樫「78そも〳〵九字の真言とは、如何なる義にや、事のついでに問ひ申さん。さゝ、何と何と」

弁慶「79九字の大事《だいじ》は深秘《じんぴ》にして、語り難きことなれども、疑念を晴らさん《(の)》その為に、説き聞かせ申すべし。それ九字真言といつぱ、所謂《いはゆる》、[八三]臨兵闘者皆陳《陣》列在前《りんぴやうとうしやかいちんれつざいぜん》の九字なり。将《まさ》に切らんとする時は、正しく立つて歯を叩くこと三十六度《りくど》、まづ右の大指《おほゆび》を以て80四縦五横《しじうごわう》を書く、その時急々[八四]如律令《によりつりやう》と呪《じゆ》する時は、あらゆる五陰鬼、煩悩鬼《ぼんなうき》、まつた悪魔外道死霊生霊《げだうしりやういきりやう》、たちどころに亡《ほろ》ぶる事、霜に81煮湯《にえゆ》を注《そゝ》ぐがごとく、げに[八五]元品《ぐわんぼん》の無明《むみやう》を切るの大利剣、[八六]莫耶《ばくや》が剣《つるぎ》もなんぞ如《し》かん、82まだこの上にも修験の道、疑ひあらば、尋ねに応じ答へ申さん。83その徳、84[八七]広大無量《くわうだいむりやう》なり。肝《きも》に彫《ゑ》りつけ、85人にな《(ん)》語りそ、86[八八]穴賢《あなかしこ》々々、大日本の[八九]神祇《じんぎ》諸仏菩薩も照覧《せうらん(な)》あれ、

[九〇]百拝稽首《ひやつぱいけいしゆ》、畏《かしこ》み畏み、謹んで申すと云々《うんぬん》、かくの通り」[87]

〽感心してぞ見えにける。

[88]（ト所謂《いはゆる》元禄見得に極る）

[89]富樫「かゝる尊き客僧を、暫しも疑ひ申せしは眼《まなこ》あつて無きが如き我が[九一]不念《ぶねん》、今よりそれがし勧進の施主《せしゆ》につかん。番卒ども、[九二]布施物《ふせもつ》持て」

（ト富樫、葛桶に戻る）

番卒三人「はあ」[90]

〽士卒が運ぶ広台に、白綾袴《しらあやはかま》一《ひと》重ね、[九三]加賀絹あまた取揃へ、御前《ごぜん》へこそは直しけれ。

（トこのうち番卒は白木の台三つへ、加賀絹、白綾袴地、袋入の砂金包二個を載せたるを持ち出て、富樫に見せ、更に下手寄りよきところへ並べる）

富樫「近頃些少《させう》には候へども、南都東大寺の勧進、即ち布施物、御受納《おんうけおさめ》下さらば、それがしが功徳、偏《ひと》へに願ひ奉る」

弁慶[91]「あら、有難の大檀那《だいだんな》[九四]。現当《げんたう》[九五]二世安楽ぞ、なんの疑ひかあるべからず〇（ト拝み）重ねて申すことの候。猶《なほ》我々は近国を勧進し、卯月《うづき》半ばに上るべし。それまでは、嵩高《かさだか》の品々、お預け申す。〇[92]（ト砂金[九六]包二個を両手に取る、亀井六郎立って来てこれを受取る。番卒残りし品々を片附ける）さらばいづれも御《おん》通り候へ」

四人「心得て候」

弁慶[93]「いで〳〵、急ぎ申すべし」

四人「心得申して候」

〽こは嬉しやと山伏も、しづ〳〵立って歩まれけり。

[94]（ト弁慶先きに四天王足早やに花道へ行く、続いて義経行きかゝるを、番卒の甲、富

樫に指し示す。富樫素襖の右肩を脱ぎ、太刀持の差出す太刀をかいこんで)

富樫「[九七]如何にそれなる強力、止まれとこそ」

へすはや我が君怪しむるは、[九八]一期《いちご》の浮沈こゝなりと、各々後《あと》へ立帰る。

(ト義経咎められて下に居る、四天王振り向き刀に手をかけるを弁慶

弁慶「慌《あわ》てゝ事を仕損ずな。○[95](ト唄にかぶせて云ひ、立戻つて四天王を制し、舞台へ来る、四天王これに続いて来り下手に控える。弁慶は義経と富樫の間に入り)こな強力め、何とて通り居らぬぞ」

富樫「それは此方《こなた》より留《とゞ》め申した」

弁慶「それは何ゆゑお留め候ぞ」

富樫「その強力が、ちと人に似たりと申す者の候ほどに、さてこそ只今留めたり」

弁慶「[96]何、人が人に似たりとは珍らしからぬ仰せにこそ、さて、[97]誰に似て候ぞ」

富樫「判官《はうぐわん》どのに、似たりと申す者の候ほどに、[九九]落居《らつきよ》の間留め申す」

弁慶「[98]なに、判官どのに似たる強力めは、[99]一期の思ひ出な、腹立ちや、日高くば、能登《のと》の国まで、[100]越さうずらうと思ひをるに、僅かの笈《おひ》一つ背負うて[101]後《あと》に下《さ》がればこそ、人も怪しむれ、総じてこの程より、やゝもすれば、判官どのよと怪しめらるゝは、おのれが[一〇〇]業《わざ》の拙《つたな》きゆゑなり、思へば憎し、[102]憎し〳〵、いで物見せん。

○〽[103]金剛杖をおつ取つて、さん〴〵に打擲《ちやうちやく》す。（ト弁慶、義経の持ちたる金剛杖を取り、これを打つこなしよろしくあつて）[104]通れ」

〽通れとこそは罵《のゝし》りぬ。

（ト義経下へ行く）

富樫「如何やうに[一〇一]陳ずるとも、通すこと」

三人「まかりならぬ」

弁慶「やあ、笈に目をかけ給ふは、[一〇二]盗人《たうじん》ざふな。◯(ト四天王立ちかゝるを)これ」

(ト金剛杖を突きこれを制し)

〽方々は何ゆゑに、かほど賤しき強力に、太刀かたなを抜き給ふは、[一〇三]目《め》だれ顔の振舞《ふるまひ》、臆病の至りかと、皆山伏は打刀《うちかたな》を抜きかけて、勇みかゝれる有様は、如何なる[一〇四]天魔鬼神《おにがみ》も、恐れつべうぞ見えにける。

(ト弁慶きほひ立つ四天王を抑へ、富樫は刀に手をかけつめより、番卒もこの後に続き、双方押合ひの模様よろしくあつて極り)

弁慶「まだこの上にも御疑《おんうたが》ひの候はゞ、あの強力め、荷物の布施物諸共、お預け申す。如何やうにも糺明《きうめい》あれ。但し、これにて打ち殺し見せ申さんや」

（[106]ト金剛杖を振上げる）

富樫「[107]こは先達《せんだち》の荒けなし」

弁慶「然らば、只今疑ひありしは如何に」

富樫「士卒の者が我れへの訴へ」

弁慶「御疑念晴らし、打ち殺し見せ申さん[108]」

富樫「早まり給ふな、番卒どものよしなき僻目《ひがめ》より、判官どのにもなき人を、疑へばこそ、かく折檻《せつかん》も仕給ふなれ[109]。今は疑ひ晴れ申した。とく〳〵誘《いざな》ひ通られよ[110]」

（ト刀を太刀持に渡し、番卒手伝って素襖の肩を入れる）

弁慶「大檀那の仰せなくんば、打ち殺《ころ》いて捨てんずもの、命冥加《みやうが》に叶ひし奴、以後をきつと、[111]慎《つゝし》み居らう」

（ト義経、下手後見座へ行き、四天王皆々も下手に行き控へる）

富樫「我れはこれより、猶《なほ》も厳しく警固の役、[112]方々来れ」

三人「はあゝ」

〽士卒を引き連れ関守は、門《かど》の内へぞ入りにける。

（ト[113]富樫思入あつて、太刀持番卒附添ひ上手へ入る。[114]弁慶これを見送り思入、合方こだまになり、義経立つて上手へ行く、弁慶入れ替り下手へ行く。義経上手よき所に住ひ、四天王は正面に居並ぶ。弁慶下手寄りよきところに住ひ、義経に頭を下げる）

義経「[115]如何に弁慶、さても今日の気転《きてん》、更に[一〇五]凡慮《ぼんりよ》の及ぶ所にあらず、兎角《とかく》の是非を争《あらそ》はずして、たゞ[一〇六]下人《げにん》の如くさん〴〵に、我れを打つて助けしは、正《まさ》に、天の加護、[一〇七]弓矢正八幡《しやうはちまん》の神慮と思へば、忝《かたじけな》く思ふぞよ」

常陸「この常陸坊を初めとして、随ふ者ども関守に呼びとめられしその時は、こゝぞ君の御大事《おんだいじ》と思ひしに」

駿河「誠に正八幡の我君を、守らせ給ふ御《おん》しるし、陸奥下向《みちのくげかう》は速《すみや》かなるべし」

片岡「これ全く武蔵坊が智謀にあらずんば、免《まぬ》がれ難し」

亀井「なか〳〵以て我々が及ぶべき所にあらず」

常陸「ほゝ、驚き」

四人「入つて候」

弁慶[116]「それ、世は末世[一〇八]に及ぶといへども、日月《じつげつ》いまだ地に落ち給はぬ[117]御高運《ごかううん》、は、有難し、有難し。計略とは申しながら、正《まさ》しき[118]主君を打擲、天罰《てんばつ》そら恐ろしく、千鈞[一〇九]《きん》を上ぐるそれがし、[119]腕も痺《しび》る、如く覚え候。あら、[120]勿体《もつたい》なや〳〵」

〽つひに泣かぬ弁慶も、[121]一期[一二〇]の涙《なんだ》ぞ殊勝なる。[122]

(ト弁慶少しくゐざり寄り、義経を見上げて愁《うれ》ひの思入)

〽[二二][123]判官御手《おんて》を取り給ひ。

(ト義経も少しゐざり、右手を差出し弁慶の手を取るこゝろ、弁慶これを見て、はつと後へさがつて平伏する)

義経「[124]如何なればこそ義経は、弓馬の家に生れ来て、命《いのち》を兄頼朝に奉り、屍《かばね》を西海《さいかい》の浪に沈め」

[125]弁慶「山野《さんや》海岸《かいがん》に起き臥し明かす武士《ものゝふ》の」

〽鎧《よろひ》にそひし袖枕、かたしく暇《ひま》も波の上、或る時は[二三]舟に浮び、風波《ふうは》に身を任せ、また或る時は[二三]山脊《さんせき》の、馬蹄《ばてい》も見えぬ雪の中に、[二四]海少しあり夕浪の、立ちくる音や須磨明石、とかく三年《みとせ》の程もなく〳〵いたはしやと、萎《しを》れかゝりし鬼薊《おにあざみ》、霜に露置くばかりなり。

(トこのうち弁慶、[126]物語りやうの振りよろしくあつて、皆々愁ひのこなし)

常陸[127]「とく〳〵」

四人「退散」

へ互ひに袖をひきつれて、[二五]いざさせ給への折柄に。

[128]（ト弁慶、四天王にうなづき、義経へこなし、皆々立ちかゝる。この時上手奥にて）

富樫[129]「なう〳〵客僧達暫し〳〵。〇」

（ト声する。[130]弁慶は義経、四天王等に目くばせ、義経は下手後見座へ行き笠を着け裏向きにゐる。四天王も下手に控へる。弁慶正面に裏向きに居る。[131]富樫太刀持を従へ出で、後より番卒の甲乙瓢箪を持ち、番卒丙三方《さんぼう》に土器《かはらけ》を載せたるを持ち出て、皆々よろしく住ふ。弁慶も正面に住ふ）

富樫「さてもそれがし、客僧達に[二六]卒爾《そつじ》申し、余りに面目もなく覚え候ほどに、[二七]麁酒《そしゆ》一つ進ぜんと持参せり。いで〳〵杯《さかづき》参らせん」

（ト番卒丙は三方の土器を富樫の前へ置く、番卒甲立つてこれに瓢箪の酒を注ぐ。富樫飲む。[132]丙は更に三方を弁慶の前に持ち行くと）

弁慶「あら、有難の大檀那、御馳走頂戴仕らん[133]」

〽[134]実《げ》に〳〵これも心得たり、人の情《なさけ》の杯を、受けて心をとゞむとかや。〽今は昔の語り草、〽あら恥かしの我が心、[一八]一度まみえし女さへ〽迷ひの道の関越えて、今またこゝに越えかぬる、〽人目の関のやるせなや〽あゝ、悟られぬこそ浮世なれ。

（トこの文句のうち、番卒甲乙の両人、弁慶の左右に坐し酌をなす。弁慶飲み、番卒あとを進めるを、土器にては小さいといふ思入あつて、上手の葛桶《かつらをけ》に目をつけ、あれをとこなし、番卒丙心得て葛桶の蓋を持ちゆくと、左右の番卒に酒を注がせ、これを飲み干し、あとを所望する、番卒はもう止めてはとこなし、弁慶これを嚇し、双方の

瓢箪を取上げ自身に残らず注ぎ、飲み干すことなどよろしくあつて）

〽[135][一二九]面白や山水《やまみづ》に、面白や山水に、杯を浮べては、流《りう》に牽《ひ》かる、[一三〇]曲水《きよくすい》の手まづ遮《さへぎ》る袖ふれて、いざや舞を舞はうよ。

（ト弁慶、酔うたる思入にて立上り、よろしく振あつて）

弁慶「先達、[136]お酌に参つて候」

富樫「[137]先達、一差し御舞《おんまひ》候へ」

弁慶「[138][一三一]万歳《ばんぜい》ましませ、万歳ましませ、巌《いはほ》の上に、亀は棲《す》むなり、ありうどんどう」

（[一三二]延年の舞になる。[一三三]達拝頭の舞。三絃入の舞。二段目の舞）

〽元より弁慶は、[一三四]三塔《さんたふ》の[一三五]遊僧《いうそう》、舞延年《まひえんねん》の時の[一三六]若《わか》、

弁慶「あれなる山水の〽落ちて巌に響くこそ」

〽これなる山水の、落ちて巌に響くこそ、

（ト三段目の舞になり）

〽鳴るは滝の水、日は照るとも、絶えず、とうたり、[139]とくとく立てや[一二七]手束弓《たつかゆみ》の、心許すな関守の人々、[140]暇《いとま》申してさらばよとて、笈を押《おっ》取り肩に打ちかけ、

（ト大小片シヤギリ、弁慶振のうち、皆々に行けといふこなし、義経先きに四天王向ふへ入る。弁慶笈を背負ひ、金剛杖を持ち、富樫に一礼して立上り）

〽[一二八]虎の尾を踏み、毒蛇の口を遁《のが》れたる心地して、[141]陸奥の国へぞ下りける。

[142]（ト弁慶、よろしく花道へ行き、舞台は富樫、太刀持、番卒よろしく居並び、弁慶、花道にて金剛杖を突くを木《き》の頭《かしら》、よろしく極り、あと[一二九]木なしにて幕。[143]幕引けると、弁慶思入あつて、金剛杖をかいこみ見得、打込になり、よろしく[144]振つて向うへ入る。あとシヤギリ）

語釈注

一 久河による。
二 久による。河では「役名」とあり、役名は両本ともにちがう。久では伊勢の三郎のかわりに片岡八郎、河では、駿河を伊勢とする。また常陸坊を、四天王の外にして、五人にする本もある。初演は、亀井のかわりに伊勢の三郎。
三 明治五年三月、守田座上演以来登場。久にはない。
四 歌舞伎から能を指して言う。
五 偽山伏。仮に山伏の姿に作って。「義経記」巻七「判官北国落の事」に見える。
六 陸奥平泉の藤原秀衡を頼って下る。十五代目羽左衛門は「陸奥へ」を省いた。
七 鎌倉に在る征夷大将軍源頼朝。
八 義経を捕えるために、新たに増設された関所。
九 晒し首を掛ける木。獄門。
一〇 しっかりと気をつけて。狂言詞。
一一 修験道を行なう者。山伏。
一二 殊勝にも。けなげにも、よく言ってくれた。

一三 番兵せよ。

一四 篠懸は修験者の衣服の上に被う衣。麻製。深山に入るとき、篠の露を防ぐものという意から出た名称。袈裟ではない。

一五 働きよくするため、また旅行などのときに、袖の紐をくくることを「露をとる」という。それを旅路に濡れる道芝の露にかける。さらに涙にかけることが多い。ここでは前途の暗澹たる気持。

一六 旧暦二月。「吾妻鑑」は文治三年二月、「義経記」は文治二年二月二日。

一七 夜の月と月の都とかける。月の都は、「竹取物語」に見える。月のなかにあるとされる月宮殿、転じて都の美称。ここでは京都。

一八 「これやこの行くも帰るも別れては知るも知らぬも逢坂の関」(後撰、十五、蟬丸)、「山かくす春の霞ぞ怨めしきいづれ都の境なるらん」(古今、九、乙)。

一九 京都府と滋賀県の境にある山。東国から京へ入る口で、三関の一があった所。歌枕として有名。

二〇 近江の琵琶湖を渡る一行の舟。へ浪路はるかに」は文弥がかり。

二一 琵琶湖の北岸。近江国高島郡。越前への順路。能および半太夫・一中、また長唄の「隈取安宅松」にはさらに「安宅に着きにけり」がある。

三 能装束からとった上衣。肩を取って出る場合と、おろした場合とがある。大口はやはり同じく袴。

亖 雑物を入れ、修行者が背に負う箱(下図参照)。

亖 竹を薄く削って網代風に編んだ笠。義経の笠は、とくに飴色にため塗りがしてある。

亖 修験者・山伏の持つ八角白木の杖。金剛は一切の煩悩、障害を破砕する意の仏語。

云 歌の文句をうたい終わるとともに動作が終わる。

云 家来たちの志を無にすることはできない。

云 山伏の下僕。荷を負って道案内をする者。

元 とても。かえって。

三〇 お出になったらよいかと存じます。

三一 皆々方そむいてはならぬ。

三二 勧進僧をいう。

三三 南都は奈良、東大寺は華厳宗の総本山、金光明四天王護国寺。本尊は「奈良の大仏」と俗称される金銅の盧舎那仏。

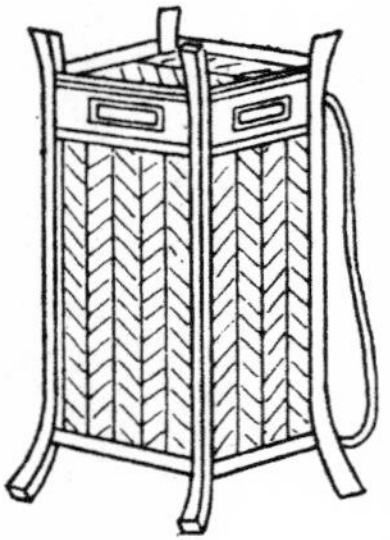

三四 北陸道は、若狭・越前・加賀・能登・越中・越後・佐渡の七ヵ国。

三五 不吉。災難。

三六 今生の最後の勤行。

三七 立派に殺されましょう。

三八 寄って下さい。

三九 役の行者。役の小角。優婆塞は梵語。三帰五戒を受けた在家の男子の称。役の行者は、役の小角(おづぬ)(通称は「しょうかく」)といい、修験道の祖とされる。「水鏡」によれば、大和国の人で、奈良朝の初頭に、大和葛城山に籠り、藤の皮を衣とし、松の葉を食して、孔雀明王の法を修すること三十年、鬼神を使役し、一言主神を谷底に呪縛したという。反逆心ありとの讒訴により、文武天皇の三年、伊豆島に流され、再び召し返されたが、唐に渡って仙人となり、三年に一度、葛城山と富士山に往来したという(「続日本紀」「日本霊異記」「今昔物語」「扶桑略記」「本朝神仙伝」等)。

四〇 行義。行道・主義。

四一 仏語。その身そのまま仏となるべき肉体。㊇及び長唄本は「即心」。

四二 五大明王。ここでは不動明王か。明王がこの不祥な事件をどう御覧になるか計りがたい。

四三 紀州熊野神社の権現。山伏の詣でる神。

四四 梵語。大日如来の呪。「おん」は帰命の意。「あびらうんけん」は地水火風空の意。「蘇波訶(そわか)」が略されている。これを誦すれば、一切の法で成就しないものがないという。この呪文には一切の諸法が含まれているとされる。

四五 観音・弥勒・普賢・文殊の四菩薩。一説に弥勒の代りに勢至。

四六 仏寺の寄附を求めること。勧進帳は、その趣旨を書いた寄附帳。

四七 普通の往来物の巻物。

四八 思い見れば。

四九 釈迦は、主・師・親の恩と教えを兼ねることをいう。

五〇 入滅。釈迦の死。

五一 長夜の夢のような生死の迷いをさましてくれる人もない。

五二 昭和十四年三月に、市川三升(十代目団十郎)の委嘱により、「御名を聖武皇帝と申し奉り、……上求菩提の為」を徳富蘇峰が次のごとく改訂し、戦時中はこれを底本として用いた。「日頃三宝を信じ衆生を慈撫(いつくし)み給ふ。偶々霊夢に感じ給ふて、天下泰平国土安穏の為」。また九代目団十郎の晩年は「おんな」を「みな」と言いかえた。

五三 光明皇后と想定されるが、大仏建立の際は、皇后はいまだ在世。

五四 涙を流して泣く。皇帝らしく難しい語を用いた。

五五「先路」は聖王の道。ここでは釈迦のこと。釈迦が先に通った道を思い、悲しき思いを翻し、上に向って菩提の道を求める。

五六 奈良の大仏。毘盧遮那仏(びるしゃなぶつ)の略。毘盧遮那は梵語で、光明遍照の意。和訳して大日如来という。ここでは奈良東大寺の大仏を指す。治承四年、平清盛の南都攻めによって、大仏殿が焼け落ちたのをいう。平家物語、五、奈良炎上の条に、「聖武皇帝、てづから瑑きたて給ひし金銅十六丈の盧遮那仏、烏瑟(うす)高く顕れて、半天の雲にかくれ、白毫新に拝まれ給ひし満月の尊容も、御頭は焼け落ちて大地にあり、御身は鎔き合ひて山の如し」と、その焼亡の様を記し、同、六、入道死去の清盛の火の病にて死すの条に、「南閻浮提金剛十六丈の盧遮那仏焼き亡ぼし給へる罪によつて、無間の底に堕ち給ふべき由」を記している。

五七 九代目団十郎は、晩年「寿永」を、史実により「治承」と直す。

五八 九代目団十郎、晩年より「かかる」と言う。七代目幸四郎も。

五九 法然の弟子。浄土宗の僧。仁安二年入宋、翌年帰朝。東大寺の焼亡により、勅を奉じて、大勧進となり、大仏殿を再建、文治元年八月、開眼供養する。建久六年入寂。

六〇 仏語。[河]の「関門」「親族」は当字。平家物語、五、勧進帳の事の「無常観門落レ涙、勧ニ上下真俗ニ」をとったもので、無常の真理を観じ、上下の階級の僧侶(真諦)や俗人(俗諦)

に説き進めての意。謡曲「安宅」にはこの句はない。
六一 九代目団十郎、晩年「流し」。
六二 一枚の紙、半分の銭。たとえわずかでも、寄附した者は。
六三 来世では極楽浄土に生まれるであろう。
六四 九代目団十郎、晩年は「紫磨黄金の台(うてな)に坐せん事」と直す。
六五 心から信を起して敬い拝する。
六六 衆生を降伏し摂取する象徴とする五色の索条。縄。
六七 仏語。金胎両部。大日如来を理として絶対界を示顕したのが胎蔵界、智徳から示顕したのが金剛界、この両部門を二図の曼陀羅にしたものを両界曼陀羅という。
六八 数珠は百八の煩悩を表わした百八個の数で作る。
六九 阿弥陀如来の持つ鋭い剣。慈悲の剣の譬。
七〇 修行僧のもつ杖。上部は錫、中部は木、下部は牙または角からなり、頭部は塔婆に型どり数個の鐶(遊環)をかけ、これを振り鳴らし、山野を遊行するときは、害獣毒虫を追い払い、また誦経の際の楽器ともなる。
七一 身体をいう。
七二 北印度ガンダーラにある山。釈迦の修行した山。

七三 印度の婆羅門の哲学者。はじめ釈迦の師、のち弟子。

七四 釈迦の俗姓。「俗姓を称して瞿曇とよび奉らる」(三世の光、巻四)。沙弥は、梵語の音訳。修行の未熟な段階の僧。沙門。

七五 釈尊は、過去迦葉仏の時、仏道に志願し、梵行を行じて兜率天に上り、次いで下天して摩耶の聖胎に託するとき、天地震動し、大光明あって普く世間を照らした(中阿含、八)ことに由来した名。比丘は僧。

七六 仏語。一人を殺して多くの衆生を助け生かす理法。

七七 真言呪文の一。九字の真言。「臨兵闘者皆陣列在前と唱へながら、如此なる形を書くなり、是れを九字を切ると云ふなり。一字にて一つ宛印相あり、九字を切る時も剣印にて印を結びて九字を切るなり。是れ皆真言宗の習事なり。真言宗の出家より伝をうけざれば用に立たずと云ふなり。此九字、本は道家の法なり。(略)是れ真言宗に借り用ふる成べし。武家にて九字を用ふる事もある故記之」(貞丈雑記)。ほかに「和漢三才図会」、「抱朴子」内篇登渉にある。山に入るときの秘呪ともいう。下図のごとく、指で空中に四縦五横線を交互に縦、横と描いてゆく

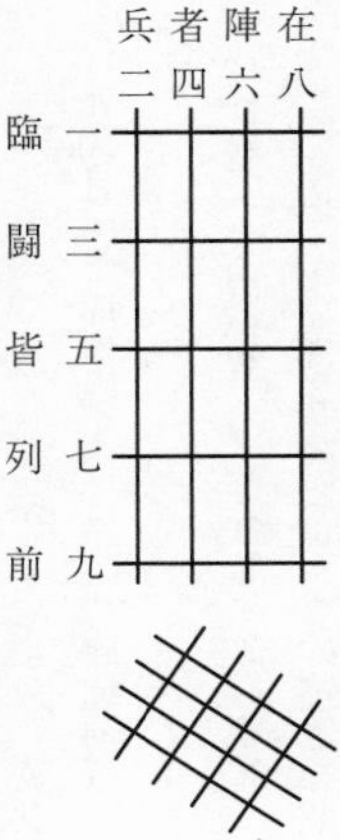

のを九字を切るという。九字渡身法ともいう。道家より起って、真言宗に入った。「臨兵闘者皆陣列在前。ぼろおん〳〵」(狂言、腰祈)。九代目団十郎は晩年には、「皆陣列前行」とのみ言った。

七八 仏語。五つの智を冠にかたどったもの。法界体性智・大円鏡智・平等性智・妙観察智・成所作智の五つの智を表象した冠。大日如来・金剛薩埵・虚空蔵菩薩らは、この宝冠を戴くことによって、五智円具の妙相を現わしている。

七九 仏語。兜巾のひだを十二の数にした理由。無明・行・識・名色・六入・触・受・愛・取・有・生・老死の十二の因縁を兜巾の十二のひだに表象する。

八〇 仏語。九会曼陀羅に型どった篠懸。篠懸と袈裟は、元来ちがうが、ここでは同じに見ている。一印会・理趣会・降三世羯磨会・降三世三昧耶会・成身会・羯磨会・三昧耶会・大供養会・四印会の九会を描いた曼陀羅(現図曼陀羅による)。曼陀羅とは、仏所および十方世界の状態を描いたもの。

八一 胎蔵界の曼陀羅を表わした黒色の脚絆。

八二 仏語。開口の第一の音の「あ」、閉口の音の「うん」をもって、字母の根元とし、一切の諸法の太初と終末のこと。

八三 語釈注七七参照。

八四 避邪の呪文。急々たること律令のごとしの意。陰陽道や修験道で呪文の最後に唱える。「鈴錫杖をちりりんがら〳〵急々如律令と責めかくる」（女殺油地獄）。

八五 仏語。根本の無明。枝末の無明と対になる仏教教義の語で、仏性の自覚以前の煩悩の姿をいう。河の注には「下品」のことではないかとする。

八六 干将莫耶の剣。中国の故事に見える名剣。「呉王闔閭、請二干将作一レ剣、干将呉人、其妻曰二莫耶一、干将采二五山之精六金之英一、成二二剣一、陽曰二干将一。陰曰二莫耶一」（呉越春秋）、「莫耶を鈍しとし鉛刀を鋭しといひ」（雪女五枚羽子板）。

八七 広く量り知れない。

八八 当て字。あな、畏し。

八九 神々、もろもろの仏、菩薩もみそなわせ。

九〇 百度拝しお辞儀をする。帰命頂礼稽首の意。南都の諸寺の読みくせでは「ケッシュ」「ケシュ」。現行「帰命稽首」。

九一 不注意。誤り。

九二 布施にする物品・金銭。

九三 加賀国江沼郡庄村より起った生絹。

九四 寺・僧などへ物品を喜捨する人。施主。

九五 現世と未来。

九六 砂金を包む錦の袋(下図参照)。

九七 やい、そこなる強力、止まれ。「とこそ」は命令の意を強める語。

九八 一生の浮き沈みのきまる瀬戸際。一生の大事。ここの文句は謡曲「安宅」そのまま。

九九 落着するまで。真偽のはっきりとするまで。

一〇〇 仕業がよくない。行為が悪い。

一〇一 述べる。言訳する。

一〇二 盗人で候な。盗人であるな。

一〇三 目垂れ顔。恥かしき行為。卑怯な行為。

一〇四 仏語。欲界の第六天の魔王。仏道の障害をなす。名を波旬(はじゅん)という。

一〇五 凡人の思慮、考え。

一〇六 身分の低い者。下僕。

一〇七 弓矢の神八幡大菩薩。正は、正しくの意。古く大隅の正八幡宮をいう。源氏の氏神。謡曲「弓矢八幡」(弓八幡)に、八幡の弓矢のいわれを語る。

一〇八 仏教の末世思想。現代は仏法の衰えた末法の時に至ったというものの、日月の光はまだ

なくならず、正しい道を照らす。日本古典文学大系『謡曲集下』一七九頁参照。

一〇九 鈞は三十斤。三万斤の重さ。腕っぷしの強さの形容。

一一〇 一生涯でただ一度の涙。「産れた時の産声より、外には泣かぬ弁慶が、三十余年の溜涙、一度に乱すぞ果しなき」（御所桜堀河夜討、三段目弁慶上使の段）。

一一一 「判官もろ手を取玉ひと直されました」（明治十二年三月版『俳優評判記』）。明治二十年の天覧劇のとき依田学海は「その手」と直す（『九世団十郎を語る』）。

一一二 屋島の合戦を指す。

一一三 一の谷の合戦の鵯越の嶮を指す。

一一四 「源氏物語」須磨の巻「海は少し遠けれど…」による。

一一五 さあお立ちなさいと言う折に。

一一六 粗忽。軽々しい振舞。

一一七 粗酒。粗末な酒。

一一八 弁慶は一生に一度女と契ったという伝説。「人の情の杯を」の謡の文句をうけ、弁慶が一生に一度の女犯という伝説を、歌舞伎風に転じて用いている。「御所桜堀河夜討」に「我生れてより此年まで、後にも前にも、コレご夫婦、たつた一度でござつた、ア、ほてゝんごうな事をして」（弁慶上使）。

一一九　謡曲をそのままとる。

一二〇　平安朝に禁裡で三月三日の節会に行なわれた曲水の宴。流れに杯を浮かべ、それが自分の前に来たときにとり上げて酒を飲み、次の杯の流れてくるまでに詩を作る。「和漢朗詠集」の「牽レ流遄過手先遮」を踏まえる。

一二一　宝生流の謡の詞章によってのちに挿入されたもので、㊅にはなかった。「翁」に見られるめでたい文句。

一二二　中世、寺院に行なわれた僧侶の芸能。ただし、本当の延年の舞でなく、歌舞伎風の振によるもの。以下の三つの舞の内訳は演出注138参照。

一二三　立拝。両手を高めに大きく前に出し、両拳を合せる能の型。

一二四　比叡山延暦寺の東塔・西塔・横川の三塔。弁慶は西塔に住んだといわれる。

一二五　芸能僧。大衆舞をまう僧。

一二六　長唄本と㊈では「和歌」。稚児舞の若音児(わかねちご)。なお、日本古典文学大系『謡曲集下』補注四九参照。

一二七　握りを太く巻いた弓。「立てやたつか」とかけた。

一二八　危険をのがれるときの誓。「如レ踏ニ虎尾一如レ踏ニ毒蛇首一」(大智度論)。

一二九　拍子木を打つことなしに幕をしめること。松羽目物または本行物のときに多く用いる。

演出注

1 長唄囃子連中が、幕があいてから座につく演出は、能式によったもの。普通は幕があくと、すでに並んでいる。二十五、六名より三十数名におよぶことがあり、そのときは、「立別れ(たてわかれ)」と称し、立唄(たてうた)二人を中心に、二組に分かれる。勧進帳初演のとき、雛段の唄三味線を二組のタテ別れに並べた。唄のタテは芳村伊十郎と絃は杵屋長次郎、タテ唄の岡安喜代八と絃の杵屋六三郎というように、これがタテ別れの嚆矢とされている。また囃子方に烏帽子素袍を着せたのは、本行でも「翁」に限る形式であり、小判番附の絵によれば、弁慶を翁と見立て、富樫・義経とともに、式三番を意識したもので、「翁」に準ずる重いものとして、歌舞伎十八番の式楽的地位に造り上げようとした意図によるものであろう(図1参照)。

2 臆病口のこと。勧進帳に限って、役者によって好みがある。

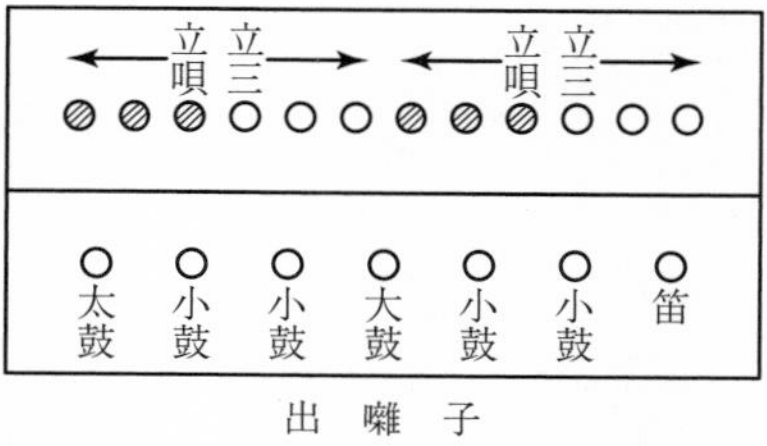

図1　雛段における囃子方の並ぶ順序

3 古くは三色だが、近年は本行に従って五色を用いる。

4 二丁(柝)のしらせで、「片砂切(シャギリ)」の鳴物にかかる。舞台の準備完了で鳴物を打ち上げ、引幕を上手へ引きとる。ここで留柝(とめぎ)を打つが、打たないのを本行物として本格とする。「口上」「役人触」は、普通はやらない。

5 このト書、㊅は「ト頭取出て、歌舞伎十八番の内勧進帳相勤めまするると、よろしく口上あつて、役人触をよみ、その為口上左やうと上手へはひる。此内長唄はやし連中上下にて出来り、壇の上へならぶ。尤も、囃子連中は烏帽子素袍なり。笛のあしらひに成り、下手より富樫の左衛門梨子折烏帽子素袍にて出て来る。跡より軍兵甲、乙、丙附そひ出て来り」とある。㊈は「元祖団十郎百九十年の寿として歌舞伎十八番の内中絶したる勧進帳の狂言」と断わる。

6 「名乗笛」のなかばで、下手揚幕より、富樫が太刀持(古くは、ない)・番卒を従えて出る。富樫が、正面やや下手の名乗り座に着き(図2参照)、きまると、名乗笛は、呂(りょ)の音で止まる。その間「置鼓(おきつづみ)」があるのが本格だが、略されること

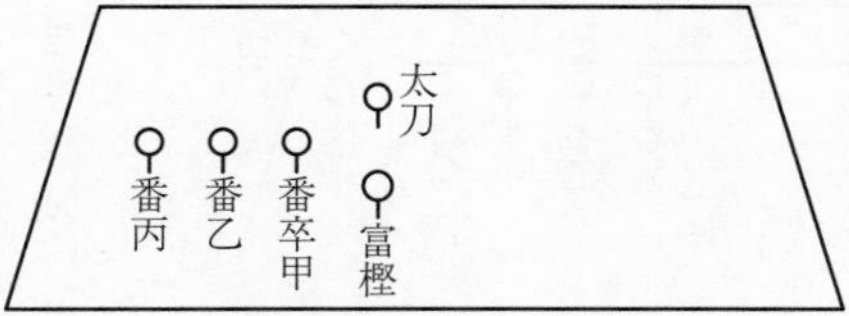

図2　富樫の名乗りの位置

がある。古くは、富樫は、登場すると、舞台の中央にその位置を占めるのを常としたが、五代目菊五郎が、能舞台の名乗り座の位置をまなんで、舞台中央と本花道の中間に、その位置をとるようになってから変わった(川尻清潭『演技の伝承』)。

7 番卒の扮装は、嘉永五年上演の際の錦絵では、従来の歌舞伎様式の道化方の軍兵のつくりである。軍兵から番卒に変わって、その扮装も今日の能狂言式になったもの。初演の絵本番附は番頭。

8 「三ツ地」のあしらいの鳴物になり、謡がかりで「名乗りゼリフ」にかかる。

9 十五代目羽左衛門は、「かく新関(しんせき)を立てられ」と言う。

10 十五代目羽左衛門は「この関をうけたまわる」。

11 ちょっと間をおき、気分を変えて言う。

12 居直りの「あしらい」の大小(鼓)に笛が入り、富樫は、上手へゆき、下手向きに、後見がもってきた葛桶に腰かけ、太刀持は左後に、同じく下手向き、番卒三人は正面向きに、それぞれ座に着くと、囃子方の「次第見切り」になり、唄にかかる。富樫が葛桶へ腰をかけるのは三度目からで、書きおろしの時は、毛氈の上に

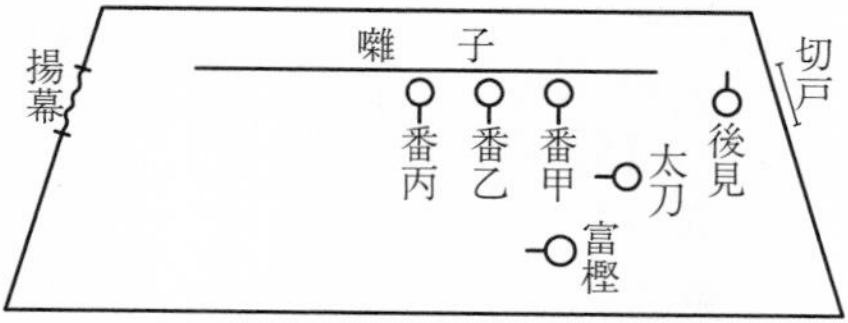

図3　上手における富樫の位置

坐るとある(図3参照)。

13 謡がかり。笛・大小入る。

14 この二段目の唄より三味線入る。〽十日の夜」までを立唄、〽月の都を立ち出でて」はツレの唄。大小の「寄せの合方」になる。〽時しも頃は」は、大薩摩であるが、九は「ゲキ」すなわち外記節。

15 「三ツ地」「大小のあしらい」で唄になり、笛入り。花道揚幕より、義経は笠を左手にさげ、金剛杖を右脇にかいこんで出る。〽行くも」から〽山隠す」までに、花道七三に止まり、西向き(裏向き)になり、杖を右肩に、足を開いて、重心を右にかけ、笠を持つ左手を杖に添え、左上を見渡す型。戻して、右手に笠を持ちかえ、左肩に杖をかたげて同じ型。また笠を左に、杖を右手に持ちかえ、東向き(表向き)に同じ型。トヾ杖をついて立身できまる。義経の、花道の出には、笠の持ち方に、笠の縁へ手をかけて持つのと、紐を畳みこんで中で持つのとの二様がある。また、金剛杖を右に抱えこんだ場合と、本行どおりに突いて出る型とがある。花道七三での義経の型は、古くは笠をかざして山を見る型であったというが、五代目歌右衛門は、病体のために、裏向きで杖を斜にして、笠をその上に当てて、揚幕の方の山を見上げた。また初め右足へかかった形を、左足へかけるように、杖と笠は前の通りにしておいて、上半身だけ向きを変えて見せる型もある(川尻清潭『演技の伝承』)。この一行の出のとき、みな衣の袖をくくり上げるのが古い型だが、七代目幸四郎も、六代目菊五郎も、袖をおろして演じた。

16 大小(鼓)になり、亀井、片岡、駿河、常陸坊の順に、右に中啓、左に数珠を持ち、花道より出て、〽行く船の」までに、義経のうしろを、黙礼あって通り、順次に先に出て、西向き〔裏向き〕にならぶ。

17 演出注15参照。

18 弁慶やや遅れて、右に中啓、左に数珠を持ち出る。このとき義経・四天王は、その方に向き直り、弁慶は義経に黙礼する。義経は東向き〔表向き〕に杖をついたまま、四天王は、やや東斜向きに、左足を立ててうずくまり、弁慶は立身のまま、舞台を見込んできまる。これまでのあいだ「三ツ地」「大小」をあしらう。〽着きにけり」で笛が入る。能では、子方・シテ・ツレ・狂言の順序で出る。

19 これより四天王の「畏まつて候」までの花道のセリフのあいだ「三ツ地」「大小」の囃子。セリフは、義経は東向き〔表向き〕のまま、あるいは向きあって、ときには、弁慶が跪いて言う型がある。

20 亀井・片岡・駿河は、立ち上がって舞台に向き直り、立身のまま(あるいは右足を出し)右手を小サ刀にかけ、息ごむを、常陸坊は、花道の附際で坐ったまま両手をひろげて支え、弁慶は、四天王の方へ向き直り、（あるいは立ち上がりながら）中啓をやや前に出して制する。

21 九代目団十郎は、このセリフを大声で怒鳴らずに、声の力をもって制圧したと言う。

22 三人は、もとに向き直り、四人ともに坐る。

23 以下セリフのうち、すべて大小をあしらう。

24 少し頭を下げ、「仕立て候」と声を曇らせる。

25 声を曇らせる。

26 中啓にて花道揚幕の方を後方として指す。

27 立身で言う。これより問答のセリフのあいだ、大小のあしらい。

28 三絃のあしらいで（㊇ではホラ貝の音）、義経は、西向き（裏向き）になって、杖を亀井に渡し、笠をかぶる。四天王も、つづいて立膝のまま西向きになる。弁慶は、五人の後を通り抜けて舞台に来、中央やや下手寄りに上手を向いて立つ。義経は笠をかぶり終えて杖をうけとり、亀井、片岡、駿河、常陸の順に舞台にかかる。義経は、やや遅れて、最後より杖を突きながら舞台に来て、下手前に、杖を右にかつぎ、左膝を立ててうずくまる。四天王はその後に住まう。このあいだに後見二人、揚幕より出て待機する。

29 大小の「ツヾケ」になり、富樫は立つ。後見、葛桶をかたづける。富樫下手へゆき、真中で向きあいセリフ。セリフのあいだ大小の「三ツ地」のあしらい。

30 調子高く言い放ち、囃子の「三ツ地」を、つき直す。これで両人ともに正面を向き、セリフ。四天王は後で、右手の中啓を舞台につけてきく。

31 つめ寄るごとく、正面向きから、上手向きに、富樫に向き直り、また、やや裏向きに番卒に言う。

32 「あーら」と延ばして言う。下手向きに弁慶に向い、「いっちにんも通すこと」とキッパリ言う。

33 現行、「まかりならぬ」を、番卒三人一緒に言う。

34 大小の「ツヾケ」の早間の鳴物で、富樫は荒々しく、上手の元の座へ戻り、葛桶にかける。

35 正面向き、「近う渡り候へ」で、下手やや後向きに四天王に言う。

36 「いで〳〵」と正面、次にやや下手向きにセリフ。

37 合方になり、右廻りで、下手斜うしろの後見座へゆき、片岡と駿河のあいだに入る。

38 大小の「ツトメ」の囃子あって、唄にかかる。「ノット(祝詞)」を囃すのは誤り。四天王は、中啓を懐に差し、数珠を持って、中央やや下手寄りの前に進み出て、四菩薩の型で、四つ目をつくり、舞台前側の亀井は左、常陸は右膝を立て、後側の片岡が右、駿河が左膝を立てて坐す。

39 弁慶は数珠を右手に、四天王の中央に進み、トンと右足を踏んで、左膝を立てて坐す。

40 数珠の右手を前に出し、大きく自分の体を見る型。

41 数珠で上より打ちおろし、切る型。

42 左膝をおろし、数珠の右手を上に返し、左手を前に出して返し、左右を見て礼拝。

43 右手を右膝におろし、左手を左右に、首は逆にふる。

44 四人立身で、弁慶が数珠を揉み出すとともに右足を引き、数珠を三度、左上より右下に斜に揉みおろす。能式に右方のみで揉む型もある。

45 三度目に、四天王、背中合せに坐して合掌。弁慶、正面のまま束に立って、合掌瞑目。右の切り手を下にして、最後を切って終わる。

46 「いかにーも」と延ばす。

47 ちょっと目を開いて思入れ。富樫、腰かけたまま。

48 右手の数珠を上げて切るのが唄のかかり。弁慶、下手の後見座へ入る。四天王、おなじく数珠を切って元の座に戻り、正面を向き坐す。義経もとのまま。

49 〽とりンだし」と唄う。

50 後見のわたす勧進帳を右手に平に張って持って出、中央少し下手寄りに正面を向き、そのまま頂く。大小の「アシライ」になり、巻物の紐を解き、その紐をからげ、両足を少し開き、一巻を止めのところまで開き、右上より持ってきて、胸の高さよりちょっと低く捧げる。九代目団十郎は屛風のごとく立て、七代目幸四郎は、水平に近く持った。

51 これより「読み上げ」。つづく「問答」「延年の舞」とともに本曲の三頂点をなす。「そォれェーつらつらァー、(鼓ポウ)おもんみれーばー」と低く荘重に、謡いがかりで言う。

52 読み出すと、富樫は葛桶より立ち上がり(後見葛桶を片づける)、じりじりと下手へ来て、右手の中啓をやや上げ、巻物のなかを窺おうとして、弁慶と顔見合せ、囃子方の「イヤー」の上げとともに、弁慶は巻物を隠す心持で右側におろして上手を見込み、右足を踏んで束の見得。富樫は正面向きに、右手を少し出して巻物を見込み、下手の義経はこれをちょっと見て三方の見得(五代目歌右衛門の工夫)できまる。囃子の「イヤー」の上げで、弁慶は上手向きにじりじりと向きあい、巻物を少しく高く捧げて出す。富樫も正面より下手向きにじり足で向きあう。「イヤー」のかけ声、笛のあしらいで、「大恩教主の」と力強く読み出す。

53 「ひとーもなーし」と言い放つと、鳴物上げになり、ここで一息つく。「御摂勧進帳」(安永二年)の安宅の関の場では、ここで、敵役二人が、両方より勧進帳をとりにかかるを、左右に投げるとある。

54 あしらいの鳴物やむ。囃子方、床几をはずして坐る。現在では、最後の「敬つて白す」ではずす。

55 巻物を右におろし、正面に直り、見られぬよう、す早く巻き終え、天地に見開いて、不動明王の見得できまる。七代目幸四郎の談に、初期の九代目団十郎は、普通の見得であったが、晩年不動の姿になり、左手の数珠の拳を垂直に立てたが、さらにのちには、自然に胸元へ持っていった（伊坂梅雪『勧進帳考』）。

56 これより問答（図4参照）。

57 弁慶、ちょっと下手に行きかかるのを、「問ひ申さん」と追討ちをかける。弁慶、思入れあって立ち止まる。

58 富樫に向きあう。

59 「内には」は優和に、「表に」で、ちょっと正面になり、強く言い、顔つきもこわくなる。

60 左手の数珠をちょっと富樫に示し、正面に向き直りながら言い切る。

61 富樫に向い、言う。

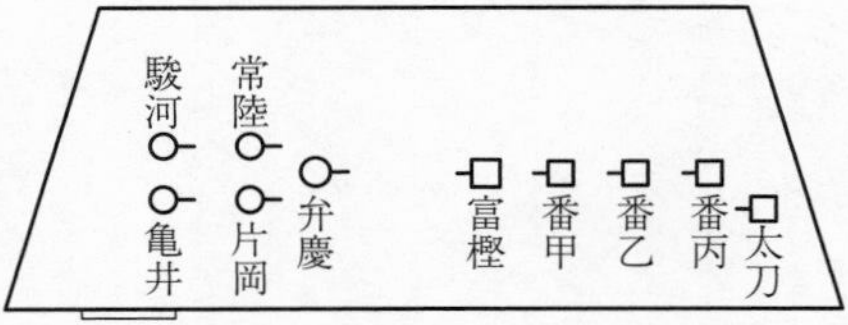

図4　問答・寄せの位置

62 右手の巻物で、金剛杖を大地へ突くこなし。

63 正面に向き直る。

64 やや裏向きで弁慶に対す。

65 そのままで追いかぶせて言う。

66 正面向き。

67 富樫に向いて言う。

68 また富樫へ向き。

69 巻物にて、金剛杖をつく型。現行では「小角（しょうかく）」という。

70 と言い切って、正面を向く。

71 上手に向き直り、言う。

72 巻物を太刀として、斬る型。十一代目団十郎は、向き直るだけで、斬る型をしない。

73 前のセリフにかぶせて言う。

74 巻物を剣に見立て、右手に数珠を持ち、不動の姿で言う。

75 やや後向きに上手に向って。

76 中啓で弁慶の足元を指す。

77 「出で入る息は」と大きく畳みかけるのを、弁慶はかぶせるように強く言い放って正面を向く。すべてこの問答中は、じりじりと両方詰めよる。

78 正面やや下手向きに足を開いて、じりじりと足を寄せながら、「そも〳〵」と調子高に出て、一息にこのセリフを言って、束に立ち、右足をちょっと後へ引いて裏向きの形になり、右手の中啓の手を平に後に引いて、「何と何と」ときまる。中啓をやや上に上げる人もあるが、平の方が強い。

79 思入れあって、正面向きのまま、おごそかに言い出し、「説き聞かせ申すべし」で上手向き、「三十六度」で、正面に向き直る。

80 右手の巻物で、左から右へ、交互に空中に横線と縦線を引く。現行「四縦を描き、のちに五横を書く」という。

81 下を指す。

82 強く言い放つ。気を変えて次を言う。

83 と上手に向き。

84 正面を向く。

85 上手に向って厳然と言う。

86 正面に向き直る。

87 やや後向きより正面に向き直り、言い切る。

88 唄で、左足を左斜め前に踏み出し、左の数珠の手を前に出し、巻物の手をうしろに巻物を横に持ち、元禄見得にきまる。

89 富樫は、心やわらいだゆるやかな落ちついた口調で、下手向きにセリフ。この間、弁慶は、右足を引いて束に立ち、聞きおわって後へゆく。

90 番卒の「はあ」と答えるのが唄のかかり。富樫は唄のうちに上手に居直り、葛桶に腰かける。番卒三人は、白木の台に載せた品を後見座より持ち出し、富樫の前でちょっと見せ、うなずくと、舞台中央へ三つともタテに置いて唄いっぱいに元の座へ。砂金の袋を載せた台は、三個の真中。九のト書には「服紗包の丸鏡」とあり。

91 弁慶は、後より左手に数珠、右手に中啓を持ち出てセリフ。「大檀那」で左手の数珠をちょっと上げて富樫に会釈し、上手向きに立ち、「なんの疑ひ」を言い、中啓を懐中に、数珠を両手にかけて拝み、二、三度押し揉んで数珠を右手で上に切って合掌する。

92 弁慶は数珠を手首にかけ、左膝を引き、右膝を立てて砂金袋二個を両手で、同時にとり上げ、乳のところへ当てるように持って、四天王の方へ向く。片岡、進み出て、中啓を懐に入れ、跪き、弁慶より受けとり、乳の辺りにつけて捧げ、元の座に戻り、後見に渡し、中啓を右手に持ち向き直る。それまでに弁慶は、中啓を出して右に持ち、番卒三人は、白木の台を上手の後見座へ。

93　弁慶、下手斜に後向きに、四天王に向きあって言う。

94　弁慶は立って、いったん上手に行き、かるく富樫に頭を下げ下手に向いて、先に立ち、亀井、片岡、駿河、常陸の順に花道へ行き、義経は最後に行くのを、番卒甲、指さしで富樫に知らせるので、富樫は中啓を捨て(後へ投げ出すのが多いが、前へ捨てる方が跡始末がいい)、右肌を脱ぎ、太刀持より太刀をとり、左にかいこんで、〽歩まれけり」の唄の切れで、太刀にそりを打たせて手をかけ、左足の長袴を蹴出し、足を割った前向きの形で、一行が花道半ばへかかったときに、斜に義経を見据えて「如何に」と息ごんで声をかける。五代目菊五郎の富樫は、「止まれとこそ」を二度言って、左手の拇指を刀の柄にかけた(『藝』)。義経は、「とオーまれとこそッ」と、せきこんだ高調子に呼びとめられて、あとへトトトと戻り、中央少し下手に、左膝を立てて、左肩に金剛杖をかつぎ、両手をかけ、悪びれずに坐る。富樫の呼びとめを聞いて、四天王は驚いて振り返り、小サ刀に手をかけ、駈け戻ろうとするのを、弁慶は、中啓を右手に押しとどめ、支えながら「あゝら暫く」(七代目幸四郎)と言って四天王を駈け抜けて、花道附際で、四天王の行手に立ちふさがり、「慌てゝ」云々のセリフを早口に、力を籠めて言い、右手を開いて二、三度目顔で制する。

95　弁慶は足を強く踏み、義経の後を通って、富樫の方へ、舞台中央に戻り、続いて四天王は常陸坊、駿河、片岡、亀井の順に舞台へ戻り、下手後、裏向きのまま、右膝を立て、右手を小サ刀にかけ中腰にやや上手に心もち頭を向け、息ごむ。富樫は、太刀にそりを打たせて、正面を向く。弁慶は、富樫と義経の間に入り、富樫の方に目を配り、その目で義経を見おろし、「こな強力め、」云々のセリフを叱るように言う。

96 「何」は正面向いて、わざと不審なこなしにて落ちついて言う。九代目団十郎の晩年には、少し笑みをおびて言った。

97 富樫に向いて言う。

98 弁慶は「言語道断」と一言に大きく叩きつけるように言い、思入れあって、「強力めは（ナ）」と腰を落し、義経を見て、強く決心の体で言う。九代目団十郎の晩年には、まじめに驚いたような顔で言った。

99 「一期」より「腹立ちや」まで、腰を低く、高くしながら、「ウム、ウム」と呻き、怒りの体で言う。

100 中啓にて、向う揚幕を指す。

101 中啓にて、後方の義経を指す。

102 カアーと鼻を鳴らして「ム、憎し〱」と言い、無念の思入れで体を揉み、「いで物見せん」と言い放って、大きくうなずく。九代目団十郎は爪立って地団駄を踏んだが、晩年には落ちついて演じた。

103　唄になり、弁慶は数珠を左手首に入れ、中啓を懐中に差し、義経の肩にした金剛杖を後より奪う。義経は左手を膝の上におろし、両手を膝においたまま、少しうつむく。弁慶は杖を両手にひろく持ち、振り上げ、ちょっと目をつぶって、ちょっと辛き思入れあって、唄につれて、前・後・前と三度、笠の上より打つ。主を打つという心で、「菊畑」の智恵内とおなじく、腕は肩より上へ上げないのが口伝。

104　弁慶は「通れ」と強く言って、唄になり、金剛杖をトンと強く下に突き、少し下手を束のままで向き、同時に杖を横に、右へ強く払い、目をつぶったまま顔をそむける。義経は「通れ」で、右手を笠にかけて立ち上がる。このとき、杖にて胸の辺りを払われるので、ちょっと弁慶を見て、すぐ後方の四天王の後へ入る。富樫は目もくれない。以下寄せとなる。弁慶の「笈に目をかけ給ふは、盗人ざふな」のセリフで、四天王は気負い立って、小サ刀の柄に手をかけたまま、一斉に弁慶の方に、富樫につめ寄る。これを見て、弁慶は強くトンと金剛杖を突きながら、正面に向き、「コーレ」と制するのがかかりで、〽方々は何ゆゑに、かほど賤しき強力に」の唄のうち四天王は、演出注56図4のごとき位置で金剛杖を突くのを合図に、膝を突き、下にいて、気込んで弁慶を見守る。弁慶は目と頰の筋肉で、「待て」と押えて、得心させる。富樫は、太刀のそりを打たせたまま、腰を落した構えで、四天王に向う。番卒らも、後に並んで気負い立つ。〽太刀かたなを抜き給ふは」で、四天王立ち上がり、弁慶の際に押し寄せるのを、弁慶、杖を横にしてこれを止め、〽目だれ顔」から〽至りかと」まで、二、三度押し合う。やや開いた陣形で弁慶は、目顔で強く制しながら、なお杖で四天王を支える。〽皆山伏は打刀を抜きかけて」で、弁慶・四天王は、上手の富樫の方を窺い、トゞ弁慶は上手を向き、四天王は足を開いて、大きく右手を刀にかける。弁慶は、真中で腰を入れ、足を割って、杖を下より両手でひらいて握って、腰のあたりに据え、四天王を支える(この寄せの弁慶の型は、七代目幸四郎の型であるが、九代目団十郎晩年のものを受けついだもの。九代目の若年のときは、初代市川段四郎が受けつぎ、これは四天王を押えるのではなく、やや前のめりに体をかけ、左手の甲を上にして上から、右手は下から杖を握って攻勢型となる(『勧進帳の研究』河原崎長十郎))。〽勇みかゝれる有様は、如何なる天魔鬼神も」の急調の唄で、番卒も順に前に出て、刀に手をかけ、両方じりじりと寄り合い、唄いっぱいに双方とも中央で束立ちとなる。合の手で、舞台前で弁慶は右、富樫は左へ一つよけ、また舞台裏へよけ、いちど束に立って、〽恐れつべうぞ見えにける」で、弁慶・四天王は、左足、次に右足を大きく退き、ふたたび左足を退き、右足を揃えて束立ちになり、上手へつかつかと押すので、弁慶は金剛杖にて頭上を払うと、一足下手に飛びすさって下に坐し、弁慶の杖を突くのを合図に、右足を踏み出し、刀に手をかけてきまる。次に弁慶は、つかつかと上手へ進み、杖を大きく払って強くトンと突き、数珠を左手首に巻きつけ、正面向きに見得。上手の富樫方も、この反対にして、最後に急にすさって刀を手に添えてきまる。

105 正面向いたまま、数珠を手首より解き、言う。

106 杖を両手に持ち、右手上、左手下げ、右膝を曲げて体をかけ、義経を打つ形。

107 弁慶杖をおろす。

108 もう一度杖を振り上げる。富樫はこれに次のセリフをかぶせる。その間、弁慶は足を割って、杖を振り上げたままの形を崩さない。

109 少し首をななめに、思入れあって弁慶の方を見て、うるませてセリフを言い、前に向き、目を閉じ、ややあって覚悟の体。

110 弁慶ちょっと疑い。尾上菊五郎『藝』には安堵の思入れとある。振り上げた杖をおろし、水平に保つ。

111 大きく言い、強く杖を突いて四天王に目配せするので、常陸坊、駿河、片岡、亀井の順で、元の座に戻って裏向きのまま義経を守る。番卒も元の座に直る。

112 「方々来れ」で富樫は葛桶を離れ、四天王、刀より手を離す。

113 富樫は衣裳を直し、番卒手伝う。思入れあって、正面、または横向きで、顔を仰向けぎみに涙を呑む心持を見せる。六代目菊五郎は左の袖をあしらった。さて気をかえてつかつかと上手切戸口に入る。太刀持・番卒従う。

114 弁慶は、金剛杖を右にかいこみ、富樫の後姿を見送って、二、三歩ゆき、切戸口の締まるのを合図にほっとする思入れ。杖の先を下の方に落すのは九代目団十郎の若い時の工夫と言う（川尻清潭『演技の伝承』）。合方のかかりで「谺合方」になり、同時に義経は立ち、駿河・片岡の間を割って、笠をとって、中啓を右手に持って出る。四天王お辞儀。弁慶は下手に向き直り、義経と向き合って一礼、杖を右脇に抱え後の方へ入る。常陸坊・駿河はやや上手向きに向きを変え、義経は合方いっぱいに、上手やや舞台前方に左膝を立て下手向きに坐す。と次の谺になり、四天王一人ずつ立ち上がり、上手に歩み、舞台後方に正面向きに坐し、弁慶も最後に、後方より中啓を持ち、下手に進み出で、上手向きに中啓を右側におき、片胡座に坐り、はるか離れて、義経に向って両手をつき会釈する（図5参照）。

115 谺の合方つき直し、弁慶はこのセリフの間両手を前についたまま聞く。

116 軽く会釈して言う。

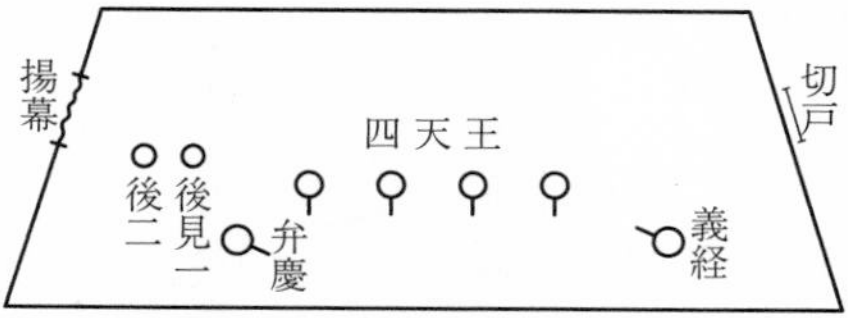

図5 「判官御手」の，義経と弁慶の位置

117 調子を張って、「は、」まで言って、次に声を沈ませる。

118 「主君を」で、手をつき、「打擲」で、ちょっと立て膝する。

119 右手をちょっと上げ、前に出して腕を見る。

120 両手を膝よりおろして「勿体ナーヤア」と、うるんだ声で言って、もう一度、大きく繰り返して、じっと義経を見上げて、思わず、力を籠めて、両手をつき、小さく屈んで嘆く。

121 弁慶、両手は半切の腰脇に添え、右膝より二つ上手に進む。

122 両手を前におろしてつき、さらに右手を膝に上げ、左手を目のところに上げ、首を少し下向きにして泣く。九代目団十郎は、中啓を右手に持って進み、左手に持ちかえ、右手にて泣く。

123 義経は、上手より左膝から二つ下手へ進み、ちょっと下手向きになり、左手へ中啓を持ちかえ、左膝を立てた形で右手を出し、掌を上向きに、腰をひねって、弁慶を戴くこなし。弁慶ハッと気付き、勿体なしとのこなしにて、両手で戴く形をしながら、あわてて中啓の所までトントンと膝で飛び退り、左手で戴いて制し、両手をついて平伏する。四天王これを見て、左手数珠の手を目の前に上げて泣く型(手を上げず、目をつぶって泣く型もある)。義経は右手で泣く。

124 正面に向き直って述懐のセリフとなる。

125 弁慶はうけて、中啓をとり、二膝進んで両手を膝に上げてセリフを言い、次の唄で物語ようの振になる。

126 〽「鎧にそひし袖枕」で、大小鼓入り、中啓を右手に持って、正面に向き、構え、合の手で中啓を前に置き、右肩より先に左もおなじく鎧の肩紐を直すこなし。右手の中啓を左前に横たえて出し、左手はその上より越えて前に出し、左膝を立て、頬杖で寝る型。〽「かたしく暇も」で、トンと膝をつき、この唄いっぱいまで寝る型、次に、左膝をトンと音をさせて落して目醒める型がある。〽「波の上」で、左手に袖口を持ち、左膝上におろし、右の中啓の手を大きく横に開いてきまる。合の手で、右の中啓の手と左手とを前に出して二度、右手上より先に、上下に叩きあわせ、右手の中啓を前横に出し、これを左手に持ちかえ、艪を持った心で、右手はその下前より、艪綱をかけて手を添えた形で、いっぱいにきまる。〽「或る時は舟に浮び」で、中啓を艪になぞらえて、大きく左膝を立て、舟を漕ぐ形をする。目は海上に配る。〽「風波に身を任せ」で、中啓を右手にとり、両手を互い違いに前で動かし、風を表現する。中啓を右胸にあて、右腕をはり、左膝を前につくと同時に、左手を前にまっすぐ、少し中へ折った形で出して、体を見る型がある。首をその方へ三度、右、中、左と向ける。〽「また或る時は山脊の」で、中啓を開き、左廻りに廻って後向きとなり、前に中啓を伏せて合せ、大きく後へ開き、右手を後上に、左手を前下に、山を描く形できまる。〽馬蹄も見えぬ雪の中に」では、中啓を開いたまま、左手に逆に持ちかえ、馬の鬣(たてがみ)のつもりで前方に出し、左廻りに廻って正面向きとなる。左膝を立てたまま、右手をかざして、やや上手斜向きの姿勢で、首をちょっと左右に動かし、雪景色を遠く見る心。〽海少しあり夕浪の」は、右手を指し、廻して右側におろし、右膝を打って、右手に左手の中啓をとって、前方の上を、大きく左より右へ横に浪を描きながら、右側におろす。左手は膝の上におく。〽立ちくる音や須磨明石」の合方で、左膝をおろし、右手の中啓で、右横上より下へ、浪の寄せる形を二度繰り返して、終りに中啓を縦に前に出し、左手を添えて、これをつぼめながら、三味線の合の手いっぱいに、右膝より二つ踏んできまる。次の合の手で、つぼめたままの中啓を左手にとり、中ほどを持ち、弓の心で前方に横たえる。次に右手を右腰の矢壺に当てるこなしあって、三味線いっぱいに、矢を右横に抜きとった形になる。次の合の手で、左手中啓の弓に、右手の矢をつがえて引き絞り離すこなし。左膝は立てている。左膝を引いておろし、左手の中啓を前横に横たえて出し、右足を大きく踏み出し、右手を下より右上に大きく廻し上げて、本曲中ここだけツケを打たせて、石投げの大見得できまる。〽とかく三年の程もなく」で、右足を引いて坐し、中啓を右手に持ちかえて、義経を見て愁いのこなし。左手を前に出して、三つ指を折って数え、中啓でこれを差し、また義経を見て思わず左手を膝より落す。〽いたはしやと」で、右手中啓で義経を指し、嘆きのこなしにて首をたれ、〽萎れかゝりし鬼薊」で、中啓の手はだんだんに下がり、両手をついて首うなだれる。十一代目団十郎は中啓を落して、右手で泣く。〽霜に露置くばかりなり」で、正面に向き、右膝より前へ二つ出て、真正面向きに足を組んで坐り、中啓を前に置いて、両手を膝に、瞑目して涙をこらえるさまで、目をしばたたく。判官はじめ四天王は愁いのこなし、四天王は片手しおり。〽ばかりなり」を「ばア、かア、りィなり」と当たって演ずるのが古風かと思うが、団十郎も幸四郎もやらない。十一代目団十郎もしない。尾上菊五郎『藝』参照。

127 久は四人一緒に言う。

128 弁慶うなずき、ちょっと上手斜に向き直り、さらに真裏向きとなり、四天王を見渡しながら、両手を上げ、立てとのこなし。義経が立つのを四天王は両手をつき辞儀し、弁慶に会釈して膝を立てる。みなみな行きかける。

129 下手、揚幕の中より言う。

130 弁慶はこれを聞いて、急げというこなしを四天王にする。四天王、急いで義経を囲んで下手後にゆき、義経裏向き、四天王さらに裏向きに隠す。

131 下手揚幕より出て上手の元の位置にゆく(底本のごとく上手切戸口より出る型もある)。この二度目の出には葛桶をもちいず平座。後見衣服を直す。四天王は前向きになり、弁慶は富樫にちょっと会釈して、中央やや後に正面向きに坐す。義経はそれまでに笠を冠って、裏向きのまま、四天王の後に隠れている。

132 番卒丙、三方を弁慶の前におく。同甲乙は、弁慶をはさんで上と下に分かれて坐す。いずれも狂言風の摺足。

133 一礼する。

134 以下、酒宴の条になる。間狂言にあたる。〽実に〳〵これも心得たり」の二上りの曲で、杯をとり、番卒甲は、上手より酌をする。弁慶ちょっと会釈して一つ飲み干し、三方に土器を戻し、両手を膝に置く。〽人の情の杯を、受けて心をとゞむとかや」で、番卒乙が、いま一献とすすめる。弁慶、その土器では小さいというこなしで、あたりを見て、上手の葛桶を見て、番卒丙に、その蓋をと指さして手を出し、あれを貸せとのこなし。丙、持ってゆくと、甲乙に向い酌を頼むとのこなし。番卒ちょっと驚き、トヾ左右より一度に酒をつぐ。〽今は昔の語り草」で、弁慶これを飲み、一息つく。〽あら恥かしの我が心」までに、三杯目の酒を飲み、頭をかしげ、思入れあって杯を下におく。〽一度まみえし女さへ」で、右手で番卒甲乙を招き、左手を前に出して、左指を一つ折って右手で指しながら、一度であることを示し、右の指先をだんだんと向う花道の揚幕の方に向けながら、目は上手富樫へ向けて油断なくうかがう。番卒二人も釣りこまれて、向うを見て浮腰になるところを、両手にて右より先に、乙、甲の肩を平手で打つ。番卒倒れる。弁慶、いたずらっぽく、両袖をかぶって顔を隠し、つっぷして「ウハハ、、、」と大笑する(幾度も笑うのは不可)。番卒二人は、起き直って弁慶の背を左右より打つことあり。これが唄のかかり。〽人目の関」で、上手の甲に、葛桶の蓋を出し、注げということなし。甲はいやいやをする。弁慶、甲の右手首を握るので、手の痺れた心で驚き、思わず瓢箪を前の方に出すので、弁弁慶は笑いながらこれをとる。甲は痛い思入れで手首をさする。弁慶は瓢箪を右手で振って、少ないという思入れで、下手の乙に貸せと手を出す。乙は手を振って拒むので、弁慶、右手こぶしを振り上げて睨む。乙は驚いて平伏し、瓢箪を左手に出して、右手で拝む。弁慶は笑いながら取って、両手に持って廻すような形で全部つぐ。番卒二人は驚いて見いりながら立ち上がるのを、弁慶は雫を切って、番卒二人の足もとに、左右に瓢箪をころがしてやるので、番卒驚いて拾い取り、両手をかけ耳のそばで振ってみて驚嘆の思入れで、もとの上手の座にしりぞく。弁慶、すごい勢いで鼻息あらく、一度にこの酒を唄いっぱいに飲み干す。合の手で飲み干した葛桶の蓋を、口元よりだんだん上にあげてゆき、頭にかぶって頂く。後見はこれを後から支える。弁慶はかぶった心で、両手を膝について体をぐらぐらさせ大きく息を吹き、酔った思入れ。〽面白や山水に」で、「大小・コイヤイ・大小あしらい」の鳴物となり、かぶった蓋を右手で後へおろし、後見に渡す。右側に置いていた中啓を持ち、左手を出し、太鼓に合せて、浮かれた心持ちで、中啓で、片手の掌を、調子を取りながら手拍子に打ち、拍子がはずれたように、前にのめる。繰り返しの文句で、中啓を左手に持ち、床、右膝の順で打ち、拍子を取りながら右手を膝頭に、それを力に立ち上がり、酔った足元の感じで、ちょっと前へよろけ、右手を横に伸しひろげながら、右足を引いて、トトトと後へよろけながら戻り、腰を入れて右足にかかり、左手を膝についてきまり、大息をつく。〽杯を浮べては」で、束に立って右手の中啓をひろげ、曲水の宴の趣で、流れに杯を浮かべる心持ちで、舞台前下手寄りに、中啓を平らに投げる。〽流に牽かる、曲水の」で、右足を引き、斜下手向きに体を起し、両手を頭上でかるく打って、前に歩きながら拍子をとり、両手を上に振り上げながら、その手をたがいに、たわいなく踊らせ、投げた中啓の方へ、たわむれるように三足前へ出て、三足目をつまずいた心で、舞台前へ、トントントン三足足拍子で、泳ぐような手つきをしながら、止まらない足を止めようとするように、前のめりに飛んで出て、右膝を折って体をかけ、左足を引いた形になり、左手を下に、右膝の上に重ねて止まり、ちょっと息をつき顔を前に突き出すようにして、唄いっぱいになる。〽手まづ遮る袖ふれて」で、息をつきながらしゃがみ、中啓を拾って正面真向きとなり、中啓を前より後へ頭を越して、右側におろして右膝に当て、左手を袖口に入れて張り、ちょっときまる。これより三味線の合の手の三つの間に、左足と右足を二足前に出して、左袖の手を、左足を前に出すときは内に返し、右足を出すときは、また外へ返した形になる。腰は少しこごみ加減。〽いざや舞を舞はうよ」と、右手の中啓を舞台真中の前におき、足を束に立って軽くあげ、両手を袴に添えて、舞台の正面後に体を引いた形の立身から、中啓のところに大きく坐す。あるいは、左膝を立てるまで唄いっぱい。次に「アシライ」の大小の「三ツ地」になり、中啓をとって、じりじりと右足を上手に向け、富樫に向い、左手は袖口のまま膝に、右手は中啓を盃にした形で、前に平らに出してきまる。

135 以下、延年の舞にいたる条り。

136 右手の中啓を開き、腰のあたりへ立て、進む。

137 富樫のセリフで、弁慶じりじりと正面に向き直り、左手を添えて中啓をつぼめながら構える。

138 延年の舞。左の袖口を持った手を前に出し、左膝前に、右に中啓を控えた形で正面に居直り、「万歳ましませ」と、強吟の謡がかりの早口のセリフになる。この謡の詞章は、宝生流だけがあるのだから、それからとり入れられたもの。ただし、[久]にないので、おそらく九代目団十郎晩年に附加されたものであろう。また九代目は延年の舞の型を一興行中毎日替えたと伝えられる。笛入りの鼓の鳴物で素の舞の間、左足をちょっと引いて束に正面向きに立ち上がり、右手中啓の手と左袖口の手を頭に山形に合せ、合掌立拝を切る。次に斜下手向きになり、左手袖口にて下げ、左から右へ大左右して右の中啓の手を下手へ指して、摺足で進み、見付柱の所、舞台前までゆき、上手を見ることあって上向きに直り、舞台前をまっすぐに、上手にそのまま進んで、上手富樫の前より、中央やや下手、後へ斜に入り、また中央前に斜に帰り、中央に右廻りに廻り、正面に向き、次に逆に左廻りに早く廻って、中啓の右手を後頭上より前にくぐらせて、目の高さに横に持ち、左は袖口を控え首をうつ向きの能の形で、束に立ってきまる。

これから延年の舞になる。「受け三ツ地」(ホウ〇ヨウ〇)の鳴物で、正面向きのまま、左手を添えて中啓を前に出して開きながら、前に三足出ながら中啓を開く。次に足を束にして左右に開き、中啓を平らに、掌を左右とも正面に向けたままの形になり、また三足後方へさがり、右手の中啓を平手のまま内へ返して、掌を裏にかえし、三足目に束立ちの形の次に、この左右の手を大きく寄せる形で、また右足より前へ四歩進み出て束に揃え、両手掌を上に向けて前に合せ、中啓を左手にわたし、その中啓を今度は右手に逆手にとり直し、その右手を裏へ廻しながら、左廻りに廻って、中啓の手を大口の右腰に高くあて、左手で袖をはり、前下方に突き出し、右足を爪立てて、首を前下方に見つめた形。次の合方で左足を左斜前に大きくすり出し、体をかけ、首もその方を見て、次に右足を爪立て、左足の際まで戻す。同じく左足の様に廻して、右足を右斜前に出し、同じことを足を違えて繰り返す。次の合方で右足を前のように出し、舞台後方でうしろ向き、右足を合方いっぱいに引きとる。これより「フム」の間にて、首を右に振るのが次のかかり。中啓を後よりかぶって前に出し、右足を強く踏む。これより左廻りに小さく一廻りして正面に向き直り、中啓を水平に持ちかえ、前に一足出ながら、中啓を前にて平立に小さく繰りながら、右足を踏み、また一歩出て、同じ形を繰り返して、左足を踏み、これより下手向きになって、袖を大きく「逆左右」し中啓をさして、下手やや斜前にゆく。また上手へきて、中啓を持ちかえて、中央にかえり、右に廻り、また左に小廻りにて正面向きとなる。後見より渡される二つに折った数珠を、左手で取り、前に横たえながら、中啓の手を右側に引いて、左膝を立てた形で坐す。これまでが「上げ」の「イヤー」の息一ぱいで収まる。つまり、大廻り、中廻り、小廻りして数珠をとることになる。〽元より弁慶は、三塔の遊僧」で、舞の二段目のかかり。右手の中啓を前に出し、数珠を横たえる手を越して、下より頭上に大きく水を汲むように三度あげる。礼拝の型。〽舞延年の時の若」で立ち上がり、ちょっと上手向きに束に立ち、両手を肩の高さより少し下げて平らに張り、右の足から股を割ったまま下手向きに飛び、手をちょっと返すこなし。このとき足をドドンと強く踏み落す。左足から股を割ったまま元へ飛び返し、数珠を後見に渡して、左手で中啓をつぼめながら、正面向きに左膝を立て、右膝をついて坐り、それから左手を袖口にして構えるまで唄いっぱいで収める。「あれなる山水の〽落ちて巌に響くこそオー」と間に謡がかりで言い、鼓の上げと同時に息を切る。これで三味線の早間のかかりになり、〽これなる」の唄で、滝を見る心で上手斜を見上げ、そのまま左手を添えて中啓を右側にひろげ、「山水の」のセリフで、上手斜向きに束立ちになり、右足をちょっと出すと同時に中啓で滝を指す心で上方を指して、右足とともにその右手をすぐ引いて、左手でかざして見る形を二度繰り返す。「落ちて巌に響くこそ」は、セリフで、右足を踏み、束立ちに正面向き、両手を左右横上より大きく輪を描いて前で合せ、中啓を開き、左手に持ちかえて、左足を入れ、左廻りしながら、上手向きに直るのと同時に左手の中啓を開いたまま肩から後へかつぎ、上手斜向きに、右手は袖口に入れて、突袖にして前へ出し、袖をふりながら身をねじるようにして左足をあげて、浮かれの型で、体を左右にゆり動かしながら、拍子をとって右足をあげ、また左足をあげて同じ形をする。次に右足を踏みこんでとまり、正面向きに直り、左の中啓を右手に持ちかえる。〽鳴るは滝の水」で、右足を斜右前に、両手は伏せて出し、右側より前方へ二度、手足ともに浪の打ち寄せる形をする。また左足を斜左前に出して、同じ形を左より繰り返す。次に正面に向き、中啓で頭上、胸、両膝を、右は中啓を持った手で、左は掌で、裏表に打ち、その両手を表向きにかざすようにあげ、最後に足を箱にわって、腰を入れてきまる。次の〽「鳴るは滝の水」で立ち、下手斜に向き、右足を左後へ引くとともに、中啓の手と左手とを右上頭上に打ち合せ、また下に打ちおろして、この両手を下より大きく廻し、両方に上げながら、上手向きになり、左足より二つ踏んで立ち、次に左足を斜め後に引き、両手を左上頭上に打ち合せ上げ、打ちおろし、下より大きく廻して、上に上げながら、下手向きになって、左足より二つ踏み、左廻りに下手へ廻りながら、後見より数珠を長くして受け取り、左手の親指を入れて、数珠を左手首に巻きつけ、右手は右側に下げて、左足より二つ踏んできまる。これより三段目の合方になり、数珠を解きながら上手斜向きに数珠を左手に長く下げ、中啓の右手を肩の高さに平らに持ち、上手に進み、富樫の前で、やや斜め後に向き直って中啓を逆手に持ちかえ、数珠を右の親指に入れて、右手首にからみ、右足を引いて右肱を返し、右に体をかけた形でちょっときまる(手をそのまま返すと、数珠は解けるので、からめた肱はそのまま引いて、後手首のみ返すのをよしとする)。中啓を持つ左手は、前方下にさし出し、首は中央斜め後を見込んで進み、中央で正面に向き直り、舞台後方にて数珠を解き、右足を出して坐しながら、数珠を大きく右上より廻して、左側におろして左に取り、同時に右手に中啓を持ちかえ、坐したまま左足を一歩進めて、左手の数珠を左より大きく廻して右側におろし、中啓と数珠を持ちかえることは前と同じ。ふたたび右足を出して、前と同じことを繰り返し、舞台前で、左手首に数珠を巻いて立ち上がり、束となって右手の中啓は逆手にとったまま、下手斜に向い、左手首の数珠を解きながら、右手の中啓を順にかえ、下手をさして進み、下手にて上手向きとなり、また上手より中央で右廻りに廻り、逆に左廻りに小廻りして束に立つ。数珠を後見に渡し、右手の中啓を頭上より前にかぶって頭をかくし、初段、二段目に同じくきまる。次に〽鳴るは滝の水」の大小の鼓になり、控えた中啓の手を下より頭上へ、三度、胸より前に上げて達拝して、後へ三歩さがり、〽日は照るとも、絶えず、とうたり」にて、両手を上にかざし、浮かれはやす形を正面向きに、足を割ってしながら、一行をこの場から立ち去らせるチャンスを狙って、富樫を見る。五代目菊五郎の富樫は、この間、瞑目していた。弁慶は、よしとの思入れで、体は真向きのまま、中啓の右手と左手を前に出して打ち、四天王に気づかせ、踊のとぼけた振りに見せて、早く立て立てと右手の扇で左手をかくすようにして下の方で合図して、大きく右廻しに廻して、踊にまぎらわして知らせる。

以上、能の「安宅」の小書の「延年の舞」をとったもので、能では弁慶の舞う男舞の一部分として、延年の舞の手法をかたどったものとして、舞い手自身が掛け声をかけるとか、手を腰にあてるとかいった特殊なしぐさが流派によってちがうが、宝生流のものがもっとも変化に富むので、これを歌舞伎でとり入れたと思われる。以上、八代目松本幸四郎の型をもとに、川尻清潭『演技の伝承』、尾上菊五郎『藝』を参照した。なお、「滝づくし」の条は、上方唄が照葉狂言に入り、それがさらにとり入れられたもの。

139 弁慶は四天王の立たぬのを気遣い、下手後に向き直って、大きく左廻しに両手を一つ出し、立てと知らせる。四天王は座を割り判官を先に立て、足早に常陸、駿河、片岡、亀井の順に向う揚幕に入る。弁慶は〽「関守」の後の半調子トンと足を踏む。これにて富樫、目を開く。

140 上手向き、右の中啓の手を右側に下げ、左手を出し、富樫に一礼し、トトトトと後へ退り、膝をついて、ほっとした心地で、後見手伝って右肩より笈の紐を肩に入れてかつぎ、金剛杖を右にかいこみ、富樫の前に進んで、立ったまま一礼して、下手向きになる。よろけの型で首を前に出し、〽毒蛇の口を」と右、左、右と三度膝をつきながら、花道附際まで来て、ちょっと富樫の方を振り向き、しすましたという顔をして立ち上がり、摺足で進んで花道よき所にて止まる。

141 右手の杖を前に指し、左より一廻りして向うを見込み、段切の「オシ手」の三味線、留め拍子で、右より強く力足を二つ踏んで、富樫と見合い、杖を強く前に突くとチョンと一丁の柝で、左手を杖に添え、右手に杖をかつぎ、肱を落して、ちょっと斜に舞台を見込んだ形で、見得。幕を引きつける。一方、富樫は上手より舞台中央に来て、弁慶と見合って、束のまま、右手中啓の手に素袍の袖を巻いて挙げた形の見得で見送り、番卒らは下手に並び、〽陸奥の国へぞ下りける」で唄が上がり、柝が入って、幕を引きつける。

142 以下のト書の異同は、次の通り。「トよろしく是を見送る此見得よろしく拍子幕ト打込みカケリに成り団十郎よろしく振て向ふへ這入る跡シヤギリ」([久])。「ト宜敷海老蔵花道へ行舞台は九蔵卒子三人見送るよろしく幕(以下[久]ト同ジ)」([九])。「ト富樫は舞台真中に立ち素襖の袖を巻上げて見得番卒は幕明きの順にて居並ぶ弁慶は花道で金剛杖を突くを木の頭杖を肩にかけ斜に舞台を見込んで極る幕引つけると弁慶は金剛杖をかひ込みよろしく見得太鼓になり飛六法にて向ふへは入るあとシヤギリ」([一])。

143 引いた幕尻を出方が押え、弁慶はほっとした思入れで先を見、さらに後(舞台)を振り返り、気付いてはっと正面に向き直り(十一代目団十郎は、富樫に対してお辞儀する)、杖を左にかかえ、右手で胸を打ち、ツケ入りで、開いて掌を張り、打ち上げ、ツケ入りの大見得で、太鼓・笛入りの飛去りの鳴物になる。

144 片手六法(飛び六方)で向う揚幕へ入る。九代目団十郎は、初めは細かく、三つトントントンと飛んだが、晩年には、一足飛んで片足で中心をとった。後者の方が難かしい。また三足とは、踏み出す足ともにいう。二足飛んで一足はずむ(七代目幸四郎談)。三足踏んで、振り返る型と、振り返らない型とがある(八代目幸四郎談)。振り返る型は、五代目団十郎が伏見稲荷に願をかけ、狐の振り向いた形を「矢の根五郎」の引込みに取り入れたのを、九代目団十郎が弁慶に用いた。七代目幸四郎も、これを見せたことがある。なお九代目団十郎の弁慶の初演には、法螺貝を背負って六法を踏んだ(川尻清潭『演技の伝承』)。十一代目団十郎も振り返る。

附帳

（扮装・鳴物）

一、歌舞伎十八番の附帳を整理し、あるいは専門家に聞いて、上演の際の扮装(顔、鬘《かつら》、衣裳、小道具)、鳴物等を示した。

一、出道具、唄本、大薩摩本のあるものは、これを記した。

一、用語は、上演のつどの記録によったため、かならずしも統一されていない。

一、なお、河竹繁俊校訂『歌舞伎名作集(下)』(評釈江戸文学叢書第六巻、一九三六年、大日本雄弁会講談社刊、のち一九七〇年、講談社刊)の「歌舞伎十八番集の附帳」も参照されたい。

扮装

武蔵坊弁慶【顔】七代目幸四郎は、砥粉《とのこ》仕立で、目張りを墨で入れ、髭を青黛で書いた。また胸に肉をきたが、九代目は入れなかった。【鬘】ないまぜ総髪撫附、但し、四天王より、やや唐毛多し。【衣裳】翁格子(市川格子)麻織物、または唐織物の二通りあり。〔半切〕白地に扇流し莫蓙織物、または金で雲形、松葉色、茶色、浅黄等の色入りの輪鋒散し、または牡丹に破れ三桝金糸。〔水衣〕黒塩瀬(黒精好)地に金糸で輪鋒または不動の梵字、但し、半切輪鋒模様のときは、梵字の水衣を着用。〔篠懸〕柿金襴地。または革色地唐織、輪鋒柄。白紐附。〔石帯〕茶精好。黒糸の輪鋒刺繍。〔繻絆〕白絹袖(白麻袖)黒羽二重(紺甲斐絹)襟附。〔股引〕白絹紐附。〔足袋〕白。一本紐附(但し、もう一本短いのがついている。足袋は毎日取り替える)。【小道具】〔兜巾〕白スガ糸の八つ打紐附。四天王のよりやや太目。芯に針金を入れる。〔中啓〕白骨大型。白、紅、群青などの地に、蓬萊山または松竹梅に鶴亀の土佐絵。〔数珠〕イラタカ。朱・黒の総附。〔小サ刀〕朱グリ真鍮海老の柄頭止め、茶柄白下緒(ダシ鮫)。〔金剛杖〕あららぎ。弁慶のは自前で、自分の身丈に寸法を合せる。〔巻物〕紺地金輪鋒唐草の金襴地。中黒無地。開キメを附ける。古代紫の紐。
〔補記〕初演のときの錦絵によれば、水衣は、弁慶縞であった。能の水衣、すなわち篠懸であるが、九代目初演も弁慶縞であったが、のちに衣裳附のごとくにした。衣裳附にいう篠懸は、袈裟の習慣的用語の誤りである。なお、嘉永五年九月上演の七代目は剃髪した坊主頭で勤めた。

九郎判官義経　【顔】白塗り。茶墨で目張りを入れる。「家橋の義経は眉毛の書方古風にて真によし」(明治十二年三月狂言『俳優評判記』)。【鬘】ただ毛(本毛)総髪撫附。【衣裳】〔着附〕赤地唐織。白と朱の〆切、笹竜胆(りんどう)散らし。〔大口〕鶸(ひわ)色(麴塵(きくじん)色)の莫蓙織。〔水衣〕濃色または薄色の古代紫無地(紫精好)。〔石帯〕白地、色糸刺繡の三つ竜胆。〔繻絆〕紅絹(もみ)襟附白絹袖。〔足袋〕紐附白。【小道具】〔網代笠〕飴色塗り。当て紐、黒八丈。〔金剛杖〕あららぎ。〔笈〕紺地牡丹唐草紋緞子織。〔中啓〕黒塗り骨、赤地紙へ笹竜胆の絵。〔小サ刀〕白ギレ鮫柄、蠟色金蒔絵、白長下緒附。
〔補記〕赤い繻絆の色は、本行の子方の趣を残したもの(川尻清潭『演技の伝承』)。

富樫左衛門　【顔】白塗り。眉はややつよめ。ナガの下にツギ足をする。【鬘】烏帽子下、ただ毛（本毛）鬢。【衣裳】〔着附〕二通りあり。白茶と松葉色段織の〆切に瓢箪色の唐織（三ツ巴織裂模様）。〔長素襖〕勝色精好、白ぬき破れ松皮菱、鶴亀模様色入紋止め、胸紐はクスベ皮。〔纁絆〕白絹襟、広袖。〔手づつ〕白。【小道具】〔立烏帽子〕黒引（アラシボ、大さび）白鉢巻。紫色房紐（五代目菊五郎は白色）。〔中啓〕白骨中型。金地に松の絵。〔太刀〕革色柄、朱塗り鞘。芝引、胴金柏葉附、段打の下緒。〔小サ刀〕白ギレ鮫柄蠟色三ツ巴金蒔絵鞘。白長下緒附。

（補記）烏帽子の紐は、二代目左団次は紫、十五代目羽左衛門は白を使用。

亀井六郎　【顔】トノコ仕立。【鬘】ないまぜ総髪撫附。【衣裳】〔着附〕白地に御納戸色のやたら格子（翁格子）綾織物。〔大口〕紺地、莫蓙織。〔水衣〕松葉色、よせ麻地。〔纁絆〕勝色襟、白絹袖附。〔篠懸〕纁珍（錦襴地）紐白。〔石帯〕白地、雲版。〔股引〕紐附白。〔足袋〕紐附白足袋。【小道具】〔兜巾〕八襞白撚り紐附（白スガ糸の八つ打紐）。〔中啓〕白骨、中型に切箔。〔数珠〕黒玉。〔小サ刀〕白ギレ鮫柄、蠟色鞘、白長下緒附。

片岡八郎　【顔】トノコ仕立。【鬘】ないまぜ総髪撫附。【衣裳】〔着附〕白地に松葉色のやたら格子（翁格子）綾織物。〔大口〕御納戸色、莫蓙織。〔水衣〕紺色、よせ麻地。〔篠懸・石帯・

繻絆・股引・足袋〕六郎に同じ。【小道具】六郎に同じ。

駿河次郎　【顔】トノコ仕立。【鬘】ないまぜ総髪撫附。【衣裳】〔着附〕白地に紺色のやたら格子（翁格子）綾織物。〔大口〕松葉色、莫蓙織。〔水衣〕御納戸色、よせ麻地。〔篠懸・石帯・繻絆・股引・足袋〕六郎に同じ。【小道具】六郎に同じ。

常陸坊海尊　【顔】素顔に近いトノコ仕立。皺を描く。【鬘】ないまぜ総髪撫附。【衣裳】〔着附〕白地に鼠色のやたら格子（翁格子）。〔大口〕白茶色莫蓙織。〔水衣〕鼠色、よせ麻地。〔篠懸〕茶色繻珍、白紐。〔繻絆〕鼠色（お召茶）襟、白袖。〔石帯・股引・足袋〕六郎に同じ。【小道具】六郎に同じ。

〔補記〕四天王の兜巾の紐は、元は顎の下で結んだが、のちに毛の下へ後結びにするようになり、さらに毛の上に後結びとなる。

番卒三人　【顔】素顔に近い砥粉仕立。【鬘】袋附（総髪烏帽子下）。【衣裳】〔着附〕白羽二重地、大名縞（黒・樺・勝色の三段染め）。〔ククリ袴〕勝色竜紋（鎌倉模様、または狂言模様、俗に狂言袴ともワン袋ともいう）。〔掛素襖〕甲―茶竜紋地に燕模様の染め。乙―鼠色竜紋地に雲版模様の染め。丙―萌黄色竜紋地に雁版模様の染め。〔繻絆〕勝色襟、袖附〔石帯〕白地。〔足袋〕糸目。【小道具】〔侍烏帽子〕紐なし（俗に水汲み）。〔小サ刀〕赤木作り（樫柄）。

（補記）「番卒も矢張、蜘の巣がよし、烏帽子素袍にしたは不承知也と云投書」（『俳優評判記』）。

太刀持　【顔】白塗り。【鬘】油附、割前髪の能茶筌。【衣裳】〔着附〕白羽二重地に翁格子（松葉色・赤・紫の格子）綾織。〔小袴〕紫竜紋地に白の三つ引熨斗目の染物（勝色地鎌倉模様白紐。〔肩衣〕黒竜紋地に蝙蝠の首ぬき、浅黄裏。〔石帯〕白。〔繻絆〕勝色襟、袖附（または浅黄）。〔股引〕白紐附。〔足袋〕糸目。【小道具】〔舞扇〕〔小サ刀〕塗り柄、白長下緒附。

後見　【顔】トノコ仕立。【鬘】弁慶の後見はマサカリ。その他は袋附。またすべてマサカリの場合もある。【衣裳】弁慶の二人、柿色の上下。ワキ後見は四天王をも手伝う。富樫に一人。それぞれの家の色の上下。義経に一人。それぞれの家の色の裃（もっとも全部柿色裃の場合もある）。

長唄連中　【衣裳】勝色地、三桝熨斗目・裃。

囃子連中　**【衣裳】**同色、三桝熨斗目・長素襖。肌脱ぎ（長唄、囃子連中とも、柿色のこともある）。

（補記）「此度の勧進帳は例（いつ）もと違ひ皆々素顔地頭にて大層高尚に成りました」（『俳優評判記』）。

出道具

一、葛桶。黒塗り、狂言模様。
一、白木檜進物台三。
一、織物巻物一積。白地反物（加賀絹）一積。いずれも奉書包み。
一、赤地金襴地袋入鏡一。
一、赤地金襴地袋入砂金一。
一、三方（八寸）一。
一、土器一。
一、瓢箪（縮緬張り）二。

鳴物

一　幕明き　片砂切

一　明くと　名乗笛　(置鼓)　富樫、番卒出て納る迄

一　番卒「畏まつて候」　次第　〽旅の衣は篠懸の」

一　(ヨセ合方)　大小鼓

〽月の都を立ち出で　三つ地、ツヾケ

一　大小鼓

〽これやこの、行くも

一　　　　　　　　　　　　大　小　鼓

〽霞ぞ春はゆかしける（合方）

三つ地

一　　　　　　　　　　　　大　小　鼓

〽浪路はるかに

〽海津の浦に着きにけり」ト

（花道セリフの間）　アシライ

一　　　　　　　　　　　　大　小　鼓

四天王「畏まつて候」迄

〽関のこなたに立かゝる

（セリフの間）

一　　　　　　　　　　　　同　じ　く

富樫「心得てある」　ツヾケ

一　　　　　　　　　　　　大　小　鼓

富樫　立つて来るト

あと（セリフの間）　アシライ

一　　　　　　　　　　　　大　小　鼓

一　番卒「まかりならぬ」ツヾケ　大　小　鼓

富樫　元へ戻るト

一　弁慶「いで〳〵、最期の勤めをなさん」　（祝詞）大　小　鼓

ヘそれ山伏と…押揉んだり」迄

一　弁慶「それ、つら〳〵おもん見れば」三つ地　大　小　鼓

一　弁慶 富樫 両人見合つて極る　掛切　大　小　鼓

あと　三つ地

一　同　じ　く

一　弁慶「驚かすべき人もなし」掛切　同　じ　く

あと　三つ地（二回）

一　同　じ　く

弁慶「建立仕給ふ」迄

一　弁慶「笈に目をかけ給ふは、盗人ざふな。これ」

大　小　鼓

〽方々は何ゆゑに…恐れつべうぞ見えにける」迄

〽門の内へぞ入りにける（セリフの間）

一　（谺合方 小玉）

常陸坊「驚き入つて候」ト

一　大　小　鼓

弁慶「起き臥し明かす武士の」

〽鎧にそひし袖枕…霜に露置くばかりなり」迄

一　大　小　鼓

〽あゝ悟られぬこそ浮世なれ

〽面白や山水に…舞はうよ」迄

あと（セリフの間）　アシライ

一　大　小　鼓

富樫「先達、一差し御舞候へ」三つ地、打放、結上げ

一　大　小　鼓

すぐ　　達拝頭　　弁慶「万歳ましませ…ありうどんどう」迄

一　（男舞掛り　大小鼓

すぐ

一　（延年の舞　大小鼓

すぐ

一　（男舞二段目　大小鼓

一　大小鼓

へ元より弁慶は、三塔の遊僧　　へ舞延年の時の若」迄

すぐ　　片三つ地、打放、結上げ

一　大小鼓　　弁慶「あれなる山水の…巌に響くこそ」迄

すぐへこれなる山水の

一　大小鼓

〽鳴るは滝の水」迄

すぐ

一　（男舞三段目
　　大小鼓

一　片砂切
　　大小鼓　〽遁れたる心地して」迄

〽鳴るは滝の水

一　段切

あと〽陸奥の国へぞ下りける

（素幕）

幕外

一（弁慶見得）飛去り

〈望月太意之助附帳による〉

解説

児玉竜一

凡例にもある通り本書は、日本古典文学大系98『歌舞伎十八番集』(昭和四十年六月十五日第一刷発行。以下、「古典大系本」という時はこの書を指す)に所収の「勧進帳」を、注(語釈注、演出注)や資料(扮装や鳴物の附帳の翻刻)とともに収めるものである。

岩波文庫では先に『勧進帳』と題する一冊を刊行(守随憲治校訂、昭和十六年一月)しており、それには「御摂《ごひいき》勧進帳」(安永二年十一月中村座初演)を収め、戦後の重版(昭和三十二年十一月)で「勧進帳」を増補している。本書は、それと区別する意味もあって、『歌舞伎十八番の内　勧進帳』と題している。

「勧進帳」は、数ある歌舞伎の作品の中でも、今日最も上演頻度の高いものの一つである。あまりに頻繁に上演されるので、安宅の関をもじって「またかの関」などという言葉まで生まれるが、新聞社や興行会社が人気演目や上演希望演目のアンケートを取ると、不動の一位を占める人気狂言である。

その最も詳細な注釈を収めるのが本書であるといっても、過言ではない。

昭和四十年の古典大系本刊行以後、「勧進帳」を収める歌舞伎台本の叢書は、『名作歌舞伎全集』第十八巻(昭和四十四年・東京創元社)、『歌舞伎オン・ステージ』第十巻(昭和六十年・白水社)などがあるが、前者には注釈はなく、後者は一般向けの語釈を施す程度である。後者は、底本として明治十六年二月刊の雑誌『歌舞伎新報』別冊『市川団十郎於家狂言 歌舞伎十八番・下』を用いたため、現行本(底本は明示されていない)をト書を省略して併載している。これは、校注者の服部幸雄が、『季刊雑誌歌舞伎』第六号(昭和四十四年十月)の「勧進帳特集」に掲載した、「勧進帳――初演再演比較台本」(のちに服部幸雄『歌舞伎の原像』に所収)の成果に基づいている。

本書三三一〜三三三頁に参考文献表があるが、古典大系本刊行後の文献として掲げる必要のあるものは、右に挙げたほかに、以下のようなものがある。

服部幸雄　日本を創った人びと20『市川団十郎』(昭和五十三年・平凡社)

郡司正勝ほか編　図説日本の古典20『歌舞伎十八番』(昭和五十四年・集英社)

渡辺保『勧進帳』(平成七年・ちくま新書)

国立劇場上演資料集392『娘《むすめ》五《ご》の帯《み》取池・道行雪故郷・勧進帳』(平成十年・国立劇場芸能調査室)

歌舞伎学会紀要『歌舞伎　研究と批評』二十七号「特集・七代目市川團十郎」(平成十三年・雄山閣)

市川團十郎『歌舞伎十八番』(平成十四年・河出書房新社)

服部幸雄『市川團十郎代々』(平成十四年・講談社)

中山幹雄編『市川團十郎研究文献集成』(平成十四年・高文堂出版社)

国立劇場上演資料集471『花雪恋手鑑・勧進帳』(平成十六年・国立劇場芸能調査室)

早稲田大学演劇博物館図録『七代目市川團十郎展』(平成二十三年)

古井戸秀夫『評伝鶴屋南北』(平成三十年・白水社)

この内、服部幸雄『市川団十郎』は、「壬辰三月」に発行された「寿　歌舞妓狂言組十八番」の摺り物を提示して、歌舞伎十八番の制定が天保三年であることを実証した。本書一〇頁の記述は、これによって訂正を要することになる。

また、渡辺保『勧進帳』は一般向けの新書であるが、「勧進帳」初演に至る経緯については、初演に関する証言の宝庫である「五柳耳袋」(篠田金次が明治二十二年の『歌舞伎新報』九百八十五号から九百九十号まで連載。「勧進帳」については九百八十六号が詳しい）と、それを受けた『歌舞伎新報』九百八十八号掲載の河竹黙阿弥の談話を原拠として、見てきたように描写している。また、本書が伊原敏郎（青々園）『団十郎の芝居』（昭和九年・早稲田大学出版部）を引用して紹介している、「勧進帳」初演時の河原崎座を観世流宗家の観世清孝が見物にきた時のことも、雑誌初出の伊原青々園「梅若実翁の演劇談」（明治三十四年八月刊『歌舞伎』第十五号）に拠って詳しく描写している。

古井戸秀夫『評伝鶴屋南北』は、七代目団十郎に触れるにあたって「勧進帳」に言及している。「勧進帳」初演に際して贔屓連中に配られた摺り物の口上が、石塚豊芥子の『歌舞妓年代記続篇』に転記されていることに着目、「家之伝書も蠹而切々相成居り、多年補綴し漸々当春その全を得」としていることを初めて取り上げている。また、「勧進帳」という表題が能「安宅」の小書（特殊演出）に由来することは周知であるが、勧進帳の読み上げが連吟であったところ、シテの独吟になるのが「勧進帳」であることから、七代目団十郎が「勧進帳」と名づけたのは、一人で読み上げるための願望の表れかと推測している。目下のところ、これが「勧進帳」に関する考察の最前線である。

以上のように、本書の元となった古典大系本以後、歌舞伎十八番をめぐる研究には進展があるが、「勧進帳」の作品研究は、本書の時点で大きく達成をみたと称しても過言ではない状態にある。

本書の大きな特色は、語釈のみならず、詳細をきわめる演出注にある。さらに煩瑣をいとわぬ諸本との異同が注釈として原本にはついているのだが、組版の都合もあり、文庫本の体裁に収めるにはあまりにも煩雑になるという編集部の判断によって、割愛することとした。ちなみに異同中でとくに大きなものは、関を通過した後に弁慶が、義経の手を取って上座に直すくだりが九代目団十郎本にはあることや、番卒を「軍兵」と表記しているものがあることなど、現行に至る演出との違い、あるいは能楽色が強まる以前の表記を残していることなどである。

そもそも本書は底本に、昭和十八年十二月歌舞伎座（と古典大系本にあるが、同興行は十一月から十二月まで続演であったので、十二月だけに特定する必要はないと思われる）での上演本を採用している。弁慶は七代目松本幸四郎、富樫は十五代目市村羽左衛門、義経は六代目尾上菊五郎という顔合わせでの上演で、十五代目羽左衛門はこれが最後の富樫となった。この「勧進帳」を今生の名残りとして見物して戦場に赴いた、といった回想も数多く、物資の乏しくなる中で、この世代の「勧進帳」を記録するべく河竹繁俊らが奔走し、フィルムを調達して記録映画に撮影された(十二月二十二日。監督はマキノ正博)。映画は、七代目幸四郎と六代目菊五郎が相次いで没した昭和二十四年に一般公開され、その後は名作歌舞伎映画祭といった催しの定番であったが、現在ではDVDで発売されている。

おそらく日本古典文学大系百巻の内(そして岩波文庫の黄帯としても)、最も新しい年代の底本であろう。これを採用することで、現行の上演本との異同をできるだけ少なくし、詳細な演出注を施すことを可能にする。その上で現存する諸本との異同を示して、現行本の歴史的な位置を明らかにする、というのがこの底本採用の意図と思われる。

この詳細をきわめる演出注が、本書の、というより、古典大系第二期の特色である。祐田善雄校注『文楽浄瑠璃集』(昭和四十年四月五日第一刷発行)は、それまでの浄瑠璃の翻刻がほとんどすべて、作品全段を刊行した「丸本」に拠っていたのに対して、演者が上演の現場で用いる写本の「床本」を底本とした。より上演に密着した形での本文をもとに、上演の詳細を演出注として施すという方針が貫かれている。その点、

『歌舞伎十八番集』と大きな方針において軌を一にしている。

こうした、上演に密着した演出注を導いたものは、私見では、古典大系第一期の表章・横道萬里雄校注『謡曲集』上下二巻(上は昭和三十五年十二月刊、下は昭和三十八年二月刊)の衝撃であろうと思う。こうした叢書の個別の巻の書評はなかなか出ないので、同時代証言に乏しいが、たとえば民俗芸能研究の泰斗本田安次は、横道萬里雄『能劇逍遥』(昭和五十九年・筑摩書房)の序文(本田安次「待望の書」)において、

岩波版日本古典文学大系「謡曲集」上下二巻の、詳細、緻密な本文の解説、校異は、我々を少なからず驚嘆させたものであった。囃子のこと、謡の節のこと、振や舞の型のこと、これらが総体的に、手にとる如く、本文に付記されているからである。シテ、ワキ、狂言方、囃子方のすべてに精通していなければ、とうてい出来ない業である。

と証言している。

古典大系第一期には、重友毅と守随憲治・大久保忠国校注『近松浄瑠璃集』上下と、乙葉弘と鶴見誠校注『浄瑠璃集』上下、浦山政雄・松崎仁校注『歌舞伎脚本集』上下も収められている。しかし、東京大学出身者で固められた校注者たちは、現在にまで

伝承されている作品であっても、その上演の実際などにはあまり筆を及ぼしていない。国文学の演劇畑の仕事としてはそれで十分という見方もあろうが、第二期で演劇関係を担当した、京都大学出身の祐田善雄と、早稲田大学出身の郡司正勝が範として仰いだ、というよりライバル意識を燃やしたのは、『謡曲集』の注釈姿勢であったということになろう。

しかし『謡曲集』の底本は、「主として室町時代の古写本を用いた」とあり、本文は「観世流謡本で、できるだけ書写年月が古く、且つ系統の正しい本を底本として選んだ」としている。「できるだけ書写年月が古」い本文に、現在の上演にもとづく演出注を施すという試みは、かなり大胆なものであったともいえる。もちろんそこには、「長年月経過しているわりには、詞章がそう変化していない」とする校注者の見解が軸としてある。さらに、「たしかにそうなのだが、実はその際ちょっとした注意が必要なようである」として列挙される、改訂や変遷に関する注意喚起を拳々服膺して初めて、できるだけ古い本文と、現在の演出が結びつくことになっている。

だが、いずれにしても歌舞伎においては、これは到底不可能である。初演時に近くさかのぼることのできる台本は、国文学的には良質の本ということになろうが、上演実態は時代とともに変容し、それに伴って台本も書き替えられてゆくので、上演に関する演出注をつけようとすると、初演に近い年代のものほど、齟齬が大きくなる。歌舞伎の台本が定本化を拒み続けながら流動してゆく本質を抱えている以上、古典的な演出の固定期と、台本の固定期とを慎重に見極める必要が生じるのである（本書二〇～二一頁参照）。

そこで、「勧進帳」の底本として選ばれたのが昭和十八年十二月上演本ということになったものと思われる。それほどまでに演出注を施すことに固執した理由を、もう一つ推測するなら、それは先行する歌舞伎十八番研究である。

昭和四十年という古典大系本出版の時点で、歌舞伎十八番に関する研究を代表していたのは、河竹繁俊の業績である。河竹繁俊は、坪内逍遙門下で、帝国劇場などの現場を経たのち、早稲田大学で教鞭を執り、早稲田大学演劇博物館の二代目館長として同館の発展を支えた。同時に狂言作者の河竹黙阿弥家の養嗣子であり、黙阿弥の娘糸女の養子となって、黙阿弥の伝記や全集の刊行に力を尽くした。昭和十四年、二十六歳の郡司正勝を演劇博物館勤務に推挙したのも、河竹繁俊である。

大日本雄弁会講談社から出版された「評釈江戸文学叢書」の第六巻、『歌舞伎名作集』の下巻（昭和十一年十月刊行）が、河竹繁俊による戦前を代表する歌舞伎十八番研究の成果である。『歌舞伎十八番――研究と作品』（昭和十九年）、戦後の日本古典全書『歌舞伎十八番集』（昭和二十七年）と続く、河竹繁俊による十八番研究の出発点であり、最も大部のものでもある。最近、講談社学術文庫から『歌舞伎十八番集』として再刊された（令和元年九月刊行）ので手に取りやすくなったが、文庫版では、舞台写真の図版と、巻末の興行年表を割愛している。

この先行研究は、すでに詳細な語釈と、部分的な演出注を備えている。注目すべきは、原則として門外不出だった幕内の附帳（衣裳や鬘などの扮装や、下座音楽などの指定書）を翻刻していることで、狂言作者の家の人でもあった河竹繁俊の面目躍如といえる。この大きな成果に加えるところがあるならば、諸本間の異同と、より詳しい演出注で、郡司正勝は古典大系本において、それを全面的に展開したとみるべきだろう。古典大系本に対する河竹繁俊の評価は、月報の中の「郡司氏の労作」に詳しい。曰く「演技演出までコクメイに調査し記録してくれた、『芝居見たまま』の何十倍何百倍かの質と量とを備えたといっていい、これだけのものは、じっさい類書を絶している。『文楽浄瑠璃集』と共に、同好者の期待に十分にこたえられるものと信じ、著者の労を心から多とするものだ」としている。

演出注の中には、人物配置図を示す「図」が含まれているが、これは参考文献として挙げられている六代目尾上菊五郎『藝』（昭和二十二年・改造社）に先例がある。同書では、延年の舞の足の運びまで、足形による図示があるが、古典大系本はそれは採っていない。その代わり、文字による解説は詳細を極め、とりわけ演出注104の詰め寄り、126の物語、134の酒宴、138の延年の舞は、映像資料を個人が持つことなど思いもよらない時代ならではの、克明さに満ちている。これは、古典大系本の凡例末尾の謝辞（本書では三四頁）の中に、「八代目松本幸四郎氏には延年の舞をいく度も舞っていただいた」とある実地調査と、それに対する協力の賜物であろう。八代目幸四郎は、底本上演時の弁慶である七代目幸四郎の後継者で、その次男にあたる。古典大系本刊行前の昭和三十六年に、一門を引き連れて松竹から東宝へ移籍し、大きな反響を呼んだ。東宝では同年に、研究者・評論家の意見を集める仕組みとして「東宝歌舞伎委員会」を組織、郡司正勝もその中に選ばれている。昭和三十八年七月には、同委員会の企画による公演として読売ホールで「桑名屋徳蔵入舟噺」が復活上演されて八代目幸四郎が主演、改修演出を郡司が担当した。八代目幸四郎に調査協力を仰いだのは、こうした機運によって、相談しやすかったためであろう。なお、八代目幸四郎の兄にあたる十一代目市川団十郎に対しては、「本書の刊行にあたって、河竹繁俊先生ならびに十一代目市川団十郎氏のご支持および校閲を受けたことを厚く御礼申上げる」と記している。昭和三十七年に十一代目を襲名、約六十年ぶりに「市川団十郎」という名跡を復活させた十一代目は、古典大系本刊行後まもない、昭和四十年十一月十日に満五十六歳の若さでこの世を去ってしまうことになる。

ちなみに、こうした詳細な演出注についての反応を示すものとして、前掲『名作歌舞伎全集』第十八巻の、月報がある。八代目坂東三津五郎が、各巻収録作品について蘊蓄を傾けて芸談を連載しているのだが、古典大系本収録の「矢の根」について、

岩波本の歌舞伎十八番の脚注18に、大薩摩文太夫が「(略)下手より屋体の上手に進み、(略)平舞台から斜めに五郎に平伏をする。(略)五郎はおもむろに櫓をはなれ、中腰に上手向きに屋体の下手に坐り」とありますが、亡父が五郎で、私が文太夫をした時(略)、正面下手の縁側に坐りました。五郎はしたがって下手向きに挨拶をしました。(略)岩波本の脚注18はなにによられたか、知りたいと思います。

と指摘している。当該の上手・下手の記述については、少なくとも現行演出に関して

は三津五郎の言う通りなのだが、それ以上に、細部にまで目を光らせて読んでいるのであろう姿が印象的である。つまり、そうさせるだけの力があった、という傍証となろうか。

現今に至るまで最も詳細を極める「勧進帳」の注釈は、かくして成った。本書再録にあたっては、既述の通り、紙幅と組版の都合から、諸本異同を残念ながら割愛した。また、再録にあたって、古典大系本全体を指す場合や、日本古典文学大系の中の別の本（『謡曲集』の例が多い）を指す場合などの表現を、本書だけで読めるように改めている。演出注141に、幕切れの弁慶が「ツケ入り、見得」とあるが、底本時の上演や、その周辺の上演記録（昭和二十年一月一日ラジオ放送など）、戦後の各優の弁慶を検証しても「ツケ入り」はありえないと判断して、削った。

以上のような研究史上の動向の中心人物である、本書の校注者郡司正勝について、最後に記しておきたい。

郡司正勝は、大正二年七月七日、北海道札幌に生まれた。早くから文学、美術、芸能、映画になじみ、昭和七年に上京して、早稲田大学附属第一高等学校に入学。昭和十一年に早稲田大学文学部国文専攻科に進み、卒業論文は「山東京伝の読本の研究」。

昭和十四年卒業とともに演劇博物館に奉職、その後、昭和十九年に応召のため帰郷、除隊後は結核療養と終戦を挟んで、昭和二十二年に演劇博物館へ復職する。昭和二十四年に早稲田大学文学部芸術科の講師となり、以後、昭和五十九年の定年退職まで早稲田大学で教鞭をとった。学究面での業績のほかに、歌舞伎作品の復活上演などの補綴・演出でも活躍し、とりわけ鶴屋南北の「桜姫東文章」「盟三五大切《かみかけてさんごたいせつ》」「阿国御前《おくにごぜん》化粧鏡《けしょうのすがたみ》」などを復活させた功績が、戦後歌舞伎史に特筆される。最晩年まで旺盛な活動を展開して、平成十年四月十五日に八十四歳で死去した。

　その大きな功績を、あえて要約すれば、文学としての戯曲史研究から歌舞伎研究を解き放ち、舞台芸術としての本質を探究するための方法を提示した、ということになろうか。とりわけ、生きた芸能資料としての民俗芸能、動態を示す重要な資料としての絵画を大胆に用いることで、芸能研究、文化研究の可能性を大きく拡げた。

　著書は数多いが、いくつかの分類を施すならば、まず独自の方法を集約したものとして『かぶき　様式と伝承』『かぶきの発想』。卓抜なアフォリズムを交えて入門書の体裁を取りつつその深奥へいざなう『歌舞伎入門』（のちに『新訂かぶき入門』と改題）、『かぶきの美』。理論化できないと思われた領域に言語化を施して、日本的な美学として掬い上げる『おどりの美学』『かぶきの美学』。実地探訪記としての『郷土芸能』『地芝居と民俗』『郡司正勝劇評集』。おもに風流《ふりゅう》の形象や見立ての趣向をめぐりながら、民俗の心意を探り当てる『童子考』『風流の図像誌』『和数考』。幾たびかの中仕切りとしての選集に『かぶき論叢』、『郡司正勝刪定集』全六巻、没後刊行の『芸能の足跡』がある。その生涯と業績については、総勢百二十六名(最年少が私)が追悼文を捧げた『演劇学』郡司正勝先生追悼号(平成十一年三月・早稲田大学文学部演劇研究室)も備わる。なにごとにも結論を急がない郡司流からすれば、こんな乱暴な分類はお叱りを蒙ること必定であるが、まあともかく、郡司入門の目安というところである。

本書の記述に反映させていうならば、詳細を極める演出注は、実地探訪の経験豊富な民俗芸能研究者としての側面と、演劇評論家として月々の劇場での上演を見ていた目が生きている。民俗学を導入して心意伝承の文化誌に至った方向は、本書では「歌舞伎十八番の意義と由来」「歌舞伎十八番の性格」などに、濃厚にその気配がある。

なお申すまでもないことだが、三四頁の謝辞をはじめ、本書中で挙げられた名跡、肩書きなどは、いずれも昭和四十年の刊行当時のものであることをお断りしておく。

(こだまりゅういち・早稲田大学文学部教授)

歌舞伎《かぶき》十八番《じゅうはちばん》の内《うち》勧進帳《かんじんちょう》

2021年5月14日　第1刷発行

校注者　郡司正勝《ぐんじまさかつ》

発行者　岡本　厚

発行所　株式会社　岩波書店

〒101-8002 東京都千代田区一ツ橋 2-5-5

案内 03-5210-4000　営業部 03-5210-4111

文庫編集部 03-5210-4051

https://www.iwanami.co.jp/

印刷・精興社　製本・中永製本

ISBN 978-4-00-302562-8　Printed in Japan

読書子に寄す

——岩波文庫発刊に際して——

岩波茂雄

真理は万人によって求められることを自ら欲し、芸術は万人によって愛されることを自ら望む。かつては民を愚昧ならしめるために学芸が最も狭き堂宇に閉鎖されたことがあった。今や知識と美とを特権階級の独占より奪い返すことはつねに進取的なる民衆の切実なる要求である。岩波文庫はこの要求に応じそれに励まされて生まれた。それは生命ある不朽の書を少数者の書斎と研究室とより解放して街頭にくまなく立たしめ民衆に伍せしめるであろう。近時大量生産予約出版の流行を見る。その広告宣伝の狂態はしばらくおくも、後代にのこすと誇称する全集がその編集に万全の用意をなしたるか。千古の典籍の翻訳企図に敬虔の態度を欠かざりしか。さらに分売を許さず読者を繫縛して数十冊を強うるがごとき、はたしてその揚言する学芸解放のゆえんなりや。吾人は天下の名士の声に和してこれを推挙するに躊躇するものである。このときにあたって、岩波書店は自己の責務のいよいよ重大なるを思い、従来の方針の徹底を期するため、すでに十数年以前より志して来た計画を慎重審議この際断然実行することにした。吾人は範をかのレクラム文庫にとり、古今東西にわたって文芸・哲学・社会科学・自然科学等種類のいかんを問わず、いやしくも万人の必読すべき真に古典的価値ある書をきわめて簡易なる形式において逐次刊行し、あらゆる人間に須要なる生活向上の資料、生活批判の原理を提供せんと欲する。この文庫は予約出版の方法を排したるがゆえに、読者は自己の欲する時に自己の欲する書物を各個に自由に選択することができる。携帯に便にして価格の低きを最主とするがゆえに、外観を顧みざるも内容に至っては厳選最も力を尽くし、従来の岩波出版物の特色をますます発揮せしめようとする。この計画たるや世間の一時の投機的なるものと異なり、永遠の事業として吾人は微力を傾倒し、あらゆる犠牲を忍んで今後永久に継続発展せしめ、もって文庫の使命を遺憾なく果たさしめることを期する。芸術を愛し知識を求むる士の自ら進んでこの挙に参加し、希望と忠言とを寄せられることは吾人の熱望するところである。その性質上経済的には最も困難多きこの事業にあえて当たらんとする吾人の志を諒として、その達成のため世の読書子とのうるわしき共同を期待する。

昭和二年七月

《日本文学(古典)》〔黄〕

古事記 倉野憲司校注
日本書紀 全五冊 坂本太郎・家永三郎・井上光貞・大野晋校注
万葉集 全五冊 佐竹昭広・山田英雄・工藤力男・大谷雅夫・山崎福之校注
原文万葉集 全二冊 佐竹昭広・山田英雄・工藤力男・大谷雅夫・山崎福之校注
竹取物語 阪倉篤義校訂
伊勢物語 大津有一校注
玉造小町子壮衰書 —小野小町物語 杤尾武校注
古今和歌集 佐伯梅友校注
土左日記 紀貫之 鈴木知太郎校注
蜻蛉日記 今西祐一郎校注
紫式部日記 池田亀鑑・秋山虔校注
源氏物語 全九冊(既刊七冊) 柳井滋・室伏信助・大朝雄二・鈴木日出男・藤井貞和・今西祐一郎校注
枕草子 池田亀鑑校訂
更級日記 西下経一校注
今昔物語集 全四冊 池上洵一編
三条西家本栄花物語 全三冊 三条西公正校訂

堤中納言物語 大槻修校注
西行全歌集 久保田淳・吉野朋美校注
梅沢本古本説話集 川口久雄校訂
後拾遺和歌集 久保田淳・平田喜信校注
古語拾遺 斎部広成撰 西宮一民校注
王朝漢詩選 小島憲之編
王朝物語秀歌選 全二冊 樋口芳麻呂校注
倭漢朗詠集 山田孝雄校訂
落窪物語 藤井貞和校注
新訂方丈記 市古貞次校注
新訂新古今和歌集 佐佐木信綱校訂
金槐和歌集 源実朝 斎藤茂吉校訂
新訂徒然草 西尾実・安良岡康作校注
平家物語 全四冊 梶原正昭・山下宏明校注
神皇正統記 北畠親房 岩佐正校注
義経記 島津久基校訂
御伽草子 全二冊 市古貞次校注

王朝秀歌選 樋口芳麻呂校注
定家八代抄 —続王朝秀歌選 全二冊 樋口芳麻呂・後藤重郎校注
中世なぞなぞ集 鈴木棠三編
わらんべ草 大蔵虎明 笹野堅校訂
千載和歌集 久保田淳校注 藤原俊成撰
謡曲選集 —読む能の本 野上豊一郎編
東関紀行・海道記 玉井幸助校訂
おもろさうし 外間守善校注
太平記 全六冊 兵藤裕己校注
好色五人女 井原西鶴 東明雅校註
武道伝来記 井原西鶴 横山重・前田金五郎校注
西鶴文反古 井原西鶴 片岡良一校訂
芭蕉紀行文集 付嵯峨日記 中村俊定校注
芭蕉おくのほそ道 付曾良旅日記・奥細道菅菰抄 萩原恭男校注
芭蕉俳句集 中村俊定校注
芭蕉連句集 中村俊定・萩原恭男校注
芭蕉書簡集 萩原恭男校注

芭蕉文集　潁原退蔵編註
芭蕉俳文集 全二冊　堀切実編注
芭蕉自筆 奥の細道　上野洋三・櫻井武次郎校注
蕪村俳句集 付 春風馬堤曲 他二篇　尾形仂校注
蕪村書簡集　大谷篤蔵・藤田真一校注
蕪村七部集　伊藤松宇校訂
蕪村文集　藤田真一編注
国性爺合戦・鑓の権三重帷子　近松門左衛門　和田万吉校訂
折たく柴の記　新井白石　松村明校注
東海道四谷怪談　鶴屋南北　河竹繁俊校訂
鶉衣 全二冊　横井也有　堀切実校注
近世畸人伝　伴蒿蹊　森銑三校註
うひ山ふみ・鈴屋答問録　本居宣長　村岡典嗣校訂
排蘆小船・石上私淑言 ―宣長「物のあはれ」歌論　本居宣長　子安宣邦校注
雨月物語　上田秋成　長島弘明校注
宇下人言 修行録　松平定信　松平定光校訂
訳註 良寛詩集　大島花束　原田勘平訳註

新訂 一茶俳句集　丸山一彦校注
一茶 父の終焉日記・おらが春 他一篇　矢羽勝幸校注
増補 俳諧歳時記栞草 全二冊　曲亭馬琴編　藍亭青藍補　堀切実校注
近世物之本江戸作者部類　曲亭馬琴　徳田武校注
北越雪譜　鈴木牧之編撰　京山人百樹刪定　岡田武松校訂
東海道中膝栗毛 全二冊　十返舎一九　麻生磯次校注
浮世床　式亭三馬　和田万吉校訂
梅暦 全二冊　為永春水　古川久校訂
日本民謡集　町田嘉章・浅野建二編
誹諧 武玉川 全四冊　山澤英雄校訂
芭蕉臨終記 花屋日記 付 芭蕉翁終焉記・前後日記・行状記　小宮豊隆校訂
醒睡笑 全二冊　安楽庵策伝　鈴木棠三校注
砂払 ―江戸小百科 全二冊　山中共古　中野三敏校訂
与話情浮名横櫛 切られ与三　瀬川如皐　河竹繁俊校訂
江戸怪談集 全三冊　高田衛編・校注
色道諸分 難波鉦 ―遊女評判記　酉水庵無底居士　中野三敏校注
弁天小僧・鳩の平右衛門　黙阿弥　河竹繁俊校訂

実録先代萩　黙阿弥　河竹繁俊校訂
橘曙覧全歌集　水島直文・橋本政宣編注
嬉遊笑覧 全五冊　喜多村筠庭　長谷川強・江本裕・渡辺守邦・岡雅彦・花田富二夫・石川了校訂
万治絵入本 伊曾保物語　武藤禎夫校注
鬼貫句選・独ごと　復本一郎校注
井月句集　復本一郎編
江戸端唄集　倉田喜弘編
花見車・元禄百人一句　雲英末雄・佐藤勝明校注

《日本思想》〔青〕

風姿花伝（花伝書）　世阿弥　野上豊一郎・西尾実校訂
五輪書　宮本武蔵　渡辺一郎校注
政談　荻生徂徠　辻達也校注
葉隠 全三冊　山本常朝　和辻哲郎・古川哲史校訂
童子問　伊藤仁斎　清水茂校注
養生訓・和俗童子訓　貝原益軒　石川謙校訂
貝原益軒 大和俗訓　石川謙校訂
町人嚢・百姓嚢・長崎夜話草　西川如見　飯島忠夫・西川忠幸校訂

日本水土考・水土解弁・増補華夷通商考　西川如見／飯島忠夫・西川忠幸 校訂
蘭学事始　杉田玄白／緒方富雄 校註
吉田松陰書簡集　広瀬豊 編
島津斉彬言行録　牧野伸顕 序
塵劫記　吉田光由／大矢真一 校注
兵法家伝書 付 新陰流兵法目録事　柳生宗矩／渡辺一郎 校注
南方録　西山松之助 校注
長崎版 どちりな きりしたん　海老沢有道 校註
仙境異聞・勝五郎再生記聞　平田篤胤／子安宣邦 校注
茶湯一会集・閑夜茶話　井伊直弼／戸田勝久 校注
新訂 海舟座談　巌本善治 編／勝部真長 校注
西郷南洲遺訓 附 手抄言志録及遺文　山田済斎 編
文明論之概略　福沢諭吉／松沢弘陽 校注
新訂 福翁自伝　富田正文 校訂
学問のすゝめ　福沢諭吉
福沢諭吉家族論集　中村敏子 編
日本道徳論　西村茂樹／吉田熊次 校

新島襄の手紙　同志社 編
新島襄 教育宗教論集　同志社 編
近時政論考　陸羯南
日本の下層社会　横山源之助
中江兆民 三酔人経綸問答　桑原武夫・島田虔次 訳・校注
中江兆民評論集　松永昌三 編
憲法義解　伊藤博文／宮沢俊義 校註
日本開化小史　田口卯吉／嘉治隆一 校訂
新訂 蹇蹇録 —日清戦争外交秘録　陸奥宗光／中塚明 校注
茶の本　岡倉覚三／村岡博 訳
新撰讃美歌　植村正久・奥野昌綱・松山高吉 編
武士道　新渡戸稲造／矢内原忠雄 訳
余はいかにしてキリスト信徒となりしか　内村鑑三／鈴木範久 訳
代表的日本人　内村鑑三／鈴木範久 訳
後世への最大遺物・デンマルク国の話　内村鑑三
求安録　内村鑑三
宗教座談　内村鑑三

ヨブ記講演　内村鑑三
足利尊氏　山路愛山
徳川家康 全二冊　山路愛山
豊臣秀吉 全二冊　山路愛山
妾の半生涯　福田英子
善の研究　西田幾多郎
思索と体験　西田幾多郎
続思索と体験・『続思索と体験』以後　西田幾多郎
西田幾多郎哲学論集 I —場所・私と汝 他六篇　上田閑照 編
西田幾多郎哲学論集 II —論理と生命 他四篇　上田閑照 編
西田幾多郎哲学論集 III —自覚について 他四篇　上田閑照 編
西田幾多郎随筆集　上田閑照 編
西田幾多郎歌集　上田薫 編
帝国主義　幸徳秋水／山泉進 校注
麵麭の略取　クロポトキン／幸徳秋水 訳
基督抹殺論　幸徳秋水
日本の労働運動　片山潜

- 吉野作造評論集　岡義武編
- 貧乏物語　河上肇／大内兵衛解題
- 河上肇評論集　杉原四郎編
- 西欧紀行 祖国を顧みて　河上肇
- 中国文明論集　宮崎市定／礪波護編
- 中国史 全二冊　宮崎市定
- 大杉栄評論集　飛鳥井雅道編
- 女工哀史　細井和喜蔵
- 奴隷 —小説・女工哀史1　細井和喜蔵
- 工場 —小説・女工哀史2　細井和喜蔵
- 初版 日本資本主義発達史 全二冊　野呂栄太郎
- 寒村自伝 全二冊　荒畑寒村
- 谷中村滅亡史　荒畑寒村
- 遠野物語・山の人生　柳田国男
- 青年と学問　柳田国男
- 木綿以前の事　柳田国男
- こども風土記・母の手毬歌　柳田国男

- 不幸なる芸術・笑の本願　柳田国男
- 海上の道　柳田国男
- 婚姻の話　柳田国男
- 都市と農村　柳田国男
- 十二支考 全二冊　南方熊楠
- 特命全権大使 米欧回覧実記 全五冊　久米邦武編／田中彰校注
- 明治維新史研究　羽仁五郎
- 古寺巡礼　和辻哲郎
- 風土 —人間学的考察　和辻哲郎
- イタリア古寺巡礼　和辻哲郎
- 和辻哲郎随筆集　坂部恵編
- 倫理学 全四冊　和辻哲郎
- 人間の学としての倫理学　和辻哲郎
- 日本倫理思想史 全四冊　和辻哲郎
- 時と永遠 他八篇　波多野精一
- 宗教哲学序論・宗教哲学　波多野精一
- 「いき」の構造 他二篇　九鬼周造

- 九鬼周造随筆集　菅野昭正編
- 偶然性の問題　九鬼周造
- 時間論 他二篇　九鬼周造／小浜善信編
- 人間と実存　九鬼周造
- 復讐と法律　穂積陳重
- パスカルにおける人間の研究　三木清
- 古代国語の音韻に就いて 他二篇　橋本進吉
- 漱石詩注　吉川幸次郎
- 吉田松陰　徳富蘇峰
- 林達夫評論集　中川久定編
- 新版 きけわだつみのこえ —日本戦没学生の手記　日本戦没学生記念会編
- 新版 第二集 きけわだつみのこえ —日本戦没学生の手記　日本戦没学生記念会編
- 君たちはどう生きるか　吉野源三郎
- 地震・憲兵・火事・巡査　山崎今朝弥／森長英三郎編
- 懐旧九十年　石黒忠悳
- 武家の女性　山川菊栄
- わが住む村　山川菊栄

山川菊栄評論集　鈴木裕子編
覚書 幕末の水戸藩　山川菊栄
おんな二代の記　山川菊栄
忘れられた日本人　宮本常一
家郷の訓　宮本常一
大阪と堺　三浦周行　朝尾直弘編
新編 歴史と人物　三浦周行　林屋辰三郎　朝尾直弘編
国家と宗教 —ヨーロッパ精神史の研究　南原繁
石橋湛山評論集　松尾尊兊編
湛山回想　石橋湛山
手仕事の日本　柳宗悦
南無阿弥陀仏 付 心偈　柳宗悦
柳宗悦 民藝紀行　水尾比呂志編
柳宗悦 妙好人論集　寿岳文章編
雨夜譚 —渋沢栄一自伝　長幸男校注
中世の文学伝統　風巻景次郎
平塚らいてう評論集　小林登美枝　米田佐代子編

日本の民家　今和次郎
倫敦《ロンドン》！ 倫敦《ロンドン》？　長谷川如是閑
原爆の子 —広島の少年少女のうったえ 全二冊　長田新編
『青鞜』女性解放論集　堀場清子編
大津事件 —ロシア皇太子大津遭難　尾佐竹猛　三谷太一郎校注
幕末遣外使節物語 —夷狄の国へ　尾佐竹猛　吉良芳恵校注
古典学入門　池田亀鑑
イスラーム文化 —その根柢にあるもの　井筒俊彦
意識と本質 —精神的東洋を索めて　井筒俊彦
神秘哲学 —ギリシアの部　井筒俊彦
意味の深みへ —東洋哲学の水位　井筒俊彦
コスモスとアンチコスモス —東洋哲学のために　井筒俊彦
幕末政治家　福地桜痴　佐々木潤之介校注
フランス・ルネサンスの人々　渡辺一夫
渡辺一夫評論選 狂気について 他二十二篇　大江健三郎　清水徹編
維新旧幕比較論　木下真弘　宮地正人校注
被差別部落一千年史　高橋貞樹　沖浦和光校注

花田清輝評論集　粉川哲夫編
新版 河童駒引考 —比較民族学的研究　石田英一郎
ヨオロッパの世紀末　吉田健一
英国の近代文学　吉田健一
訳詩集 葡萄酒の色　吉田健一訳
明治東京下層生活誌　中川清編
中井正一評論集　長田弘編
山びこ学校　無着成恭編
考史遊記　桑原隲蔵
福沢諭吉の哲学 他六篇　丸山眞男　松沢弘陽編
政治の世界 他十篇　丸山眞男　松本礼二編注
超国家主義の論理と心理 他八篇　丸山眞男　古矢旬編
田中正造文集 全二冊　由井正臣　小松裕編
唐詩概説　小川環樹
国語学原論 続篇　時枝誠記
国語学史　時枝誠記
定本 育児の百科 全三冊　松田道雄

《日本文学(現代)》〔緑〕

怪談 牡丹燈籠	三遊亭円朝
真景累ヶ淵	三遊亭円朝
塩原多助一代記	三遊亭円朝
小説神髄	坪内逍遥
当世書生気質	坪内逍遥
役の行者	坪内逍遥
青年	森鷗外
阿部一族 他二篇	森鷗外
山椒大夫・高瀬舟 他四篇	森鷗外
渋江抽斎	森鷗外
妄想 他三篇	森鷗外
舞姫・うたかたの記 他三篇	森鷗外
鷗外随筆集	千葉俊二編
森鷗外 椋鳥通信 全三冊	池内紀編注
浮雲	二葉亭四迷 十川信介校注
今戸心中 他二篇	広津柳浪
野菊の墓 他四篇	伊藤左千夫
吾輩は猫である	夏目漱石
坊っちゃん	夏目漱石
草枕	夏目漱石
虞美人草	夏目漱石
三四郎	夏目漱石
それから	夏目漱石
門	夏目漱石
彼岸過迄	夏目漱石
漱石文芸論集	磯田光一編
行人	夏目漱石
こころ	夏目漱石
硝子戸の中	夏目漱石
道草	夏目漱石
明暗	夏目漱石
思い出す事など 他七篇	夏目漱石
文学評論 全二冊	夏目漱石
夢十夜 他二篇	夏目漱石
漱石文明論集	三好行雄編
倫敦塔・幻影の盾 他五篇	夏目漱石
漱石日記	平岡敏夫編
漱石書簡集	三好行雄編
漱石俳句集	坪内稔典編
漱石・子規往復書簡集	和田茂樹編
文学論 全二冊	夏目漱石
坑夫	夏目漱石
漱石紀行文集	藤井淑禎編
二百十日・野分	夏目漱石
五重塔	幸田露伴
運命 他一篇	幸田露伴
努力論	幸田露伴
幻談・観画談 他三篇	幸田露伴
天うつ浪 全二冊	幸田露伴
子規句集	高浜虚子選

病牀六尺　正岡子規
子規歌集　土屋文明編
墨汁一滴　正岡子規
仰臥漫録　正岡子規
歌よみに与ふる書　正岡子規
獺祭書屋俳話・芭蕉雑談　正岡子規
子規紀行文集　復本一郎編
金色夜叉　全二冊　尾崎紅葉
三人妻　尾崎紅葉
二人比丘尼色懺悔　尾崎紅葉
不如帰　徳冨蘆花
謀叛論　他六篇　日記　徳冨健次郎　中野好夫編
武蔵野　国木田独歩
運命　国木田独歩
愛弟通信　国木田独歩
蒲団・一兵卒　田山花袋
田舎教師　田山花袋

藤村詩抄　島崎藤村自選
破戒　島崎藤村
春　島崎藤村
千曲川のスケッチ　島崎藤村
桜の実の熟する時　島崎藤村
新生　全二冊　島崎藤村
夜明け前　全四冊　島崎藤村
藤村随筆集　十川信介編
生ひ立ちの記　他一篇　島崎藤村
にごりえ・たけくらべ　樋口一葉
大つごもり・十三夜　他五篇　樋口一葉
修禅寺物語　正雪の二代目　他四篇　岡本綺堂
高野聖・眉かくしの霊　泉鏡花
歌行燈　泉鏡花
夜叉ケ池・天守物語　泉鏡花
草迷宮　泉鏡花
春昼・春昼後刻　泉鏡花

鏡花短篇集　川村二郎編
日本橋　泉鏡花
外科室・海城発電　他五篇　泉鏡花
湯島詣　他一篇　泉鏡花
鏡花随筆集　吉田昌志編
化鳥・三尺角　他六篇　泉鏡花
鏡花紀行文集　田中励儀編
回想　子規・漱石　高浜虚子
有明詩抄　蒲原有明
上田敏全訳詩集　山内義雄　矢野峰人編
赤彦歌集　斎藤茂吉　久保田不二子選
宣言　有島武郎
一房の葡萄　他四篇　有島武郎
ホイットマン詩集　草の葉　有島武郎選訳
寺田寅彦随筆集　全五冊　小宮豊隆編
柿の種　寺田寅彦
与謝野晶子歌集　与謝野晶子自選

与謝野晶子評論集　鹿野政直・香内信子編
私の生い立ち　与謝野晶子
入江のほとり 他一篇　正宗白鳥
つゆのあとさき　永井荷風
濹東綺譚　永井荷風
荷風随筆集 全二冊　野口冨士男編
おかめ笹　永井荷風
摘録 断腸亭日乗 全二冊　永井荷風・磯田光一編
すみだ川・新橋夜話 他一篇　永井荷風
夢の女　永井荷風
あめりか物語　永井荷風
江戸芸術論　永井荷風
下谷叢話　永井荷風
ふらんす物語　永井荷風
浮沈・踊子 他三篇　永井荷風
花火・来訪者 他十一篇　永井荷風
問はずがたり・吾妻橋 他十六篇　永井荷風

煤煙　森田草平
斎藤茂吉歌集　山口茂吉・柴生田稔・佐藤佐太郎編
桑の実　鈴木三重吉
小鳥の巣　鈴木三重吉
千鳥 他四篇　鈴木三重吉
鈴木三重吉童話集　勝尾金弥編
小僧の神様 他十篇　志賀直哉
万暦赤絵 他二十二篇　志賀直哉
暗夜行路 全二冊　志賀直哉
志賀直哉随筆集　高橋英夫編
高村光太郎詩集　高村光太郎
北原白秋歌集　高野公彦編
北原白秋詩集 全二冊　安藤元雄編
フレップ・トリップ　北原白秋
野上弥生子随筆集　竹西寛子編
野上弥生子短篇集　加賀乙彦編
お目出たき人・世間知らず　武者小路実篤

友情　武者小路実篤
釈迦　武者小路実篤
銀の匙　中勘助
鳥の物語　中勘助
犬 他一篇　中勘助
若山牧水歌集　伊藤一彦編
新編 みなかみ紀行　若山牧水・池内紀編
新編 啄木歌集　久保田正文編
時代閉塞の現状・食うべき詩 他十篇　石川啄木
蓼喰う虫　谷崎潤一郎・小出楢重画
春琴抄・盲目物語　谷崎潤一郎
吉野葛・蘆刈　谷崎潤一郎
卍(まんじ)　谷崎潤一郎
幼少時代　谷崎潤一郎
谷崎潤一郎随筆集　篠田一士編
多情仏心 全二冊　里見弴
道元禅師の話　里見弴

今年竹 全二冊　里見弴
萩原朔太郎詩集　三好達治選
郷愁の詩人 与謝蕪村　萩原朔太郎
猫町 他十七篇　萩原朔太郎 清岡卓行編
恩讐の彼方に・忠直卿行状記 他八篇　菊池寛
父帰る・藤十郎の恋 菊池寛戯曲集　石割透編
河明り 老妓抄 他一篇　岡本かの子
春泥・花冷え　久保田万太郎
大寺学校 ゆく年　久保田万太郎
室生犀星詩集　室生犀星自選
犀星王朝小品集　室生犀星
出家とその弟子　倉田百三
羅生門・鼻・芋粥・偸盗　芥川竜之介
地獄変・邪宗門・好色・藪の中 他七篇　芥川竜之介
河童 他二篇　芥川竜之介
歯車 他二篇　芥川竜之介
蜘蛛の糸・杜子春・トロッコ 他十七篇　芥川竜之介

芭蕉雑記・西方の人 他七篇　芥川竜之介
侏儒の言葉・文芸的な、余りに文芸的な　芥川竜之介
芥川竜之介俳句集　加藤郁乎編
芥川竜之介随筆集　石割透編
蜜柑・尾生の信 他十八篇　芥川竜之介
年末の一日・浅草公園 他十七篇　芥川竜之介
芥川竜之介紀行文集　山田俊治編
都会の憂鬱　佐藤春夫
海に生くる人々　葉山嘉樹
日輪・春は馬車に乗って 他八篇　横光利一
上海　横光利一
旅愁 全二冊　横光利一
宮沢賢治詩集　谷川徹三編
童話集 風の又三郎 他十八篇　宮沢賢治 谷川徹三編
童話集 銀河鉄道の夜 他十四篇　宮沢賢治 谷川徹三編
山椒魚・遙拝隊長 他七篇　井伏鱒二
川釣り　井伏鱒二

井伏鱒二全詩集　井伏鱒二
太陽のない街　徳永直
伊豆の踊子・温泉宿 他四篇　川端康成
雪国　川端康成
川端康成随筆集　川西政明編
詩を読む人のために　三好達治
梨の花　中野重治
夏目漱石 全三冊　小宮豊隆
社会百面相 全二冊　内田魯庵
新編 思い出す人々　内田魯庵 紅野敏郎編
檸檬《レモン》・冬の日 他九篇　梶井基次郎
蟹工船 一九二八・三・一五　小林多喜二
独房・党生活者　小林多喜二
風立ちぬ・美しい村　堀辰雄
富嶽百景・走れメロス 他八篇　太宰治
斜陽 他一篇　太宰治
人間失格・グッド・バイ 他一篇　太宰治

津軽	太宰治
お伽草紙・新釈諸国噺	太宰治
真空地帯	野間宏
日本唱歌集	堀内敬三 井上武士 編
日本童謡集	与田準一編
森鷗外	石川淳
至福千年	石川淳
近代日本人の発想の諸形式 他四篇	伊藤整
小説の方法	伊藤整
小説の認識	伊藤整
中原中也詩集	大岡昇平編
ランボオ詩集	中原中也訳
小熊秀雄詩集	岩田宏編
風浪・蛙昇天 —木下順二戯曲選Ⅰ	木下順二
子午線の祀り 沖縄 他一篇 —木下順二戯曲選Ⅳ	木下順二
元禄忠臣蔵 全二冊	真山青果
玄朴と長英 他三篇	真山青果

随筆滝沢馬琴	真山青果
旧聞日本橋	長谷川時雨
新編 近代美人伝 全二冊	長谷川時雨 杉本苑子編
土屋文明歌集	土屋文明自選
古句を観る	柴田宵曲
俳諧随筆 蕉門の人々	柴田宵曲
評伝 正岡子規	柴田宵曲
新編 俳諧博物誌	柴田宵曲 小出昌洋編
随筆集 団扇の画	柴田宵曲 小出昌洋編
子規居士の周囲	柴田宵曲
小説集 夏の花	原民喜
原民喜全詩集	
いちご姫・蝴蝶 他二篇	山田美妙 十川信介校訂
貝殻追放抄	水上滝太郎
銀座復興 他三篇	水上滝太郎
魔風恋風 全二冊	小杉天外
柳橋新誌	成島柳北 塩田良平校訂

島村抱月文芸評論集	島村抱月
立原道造詩集	杉浦明平編
立原道造・堀辰雄翻訳集 —林檎みのる頃・窓	
野火／ハムレット日記	大岡昇平
中谷宇吉郎随筆集	樋口敬二編
雪	中谷宇吉郎
伊東静雄詩集	杉本秀太郎編
冥途・旅順入城式	内田百閒
東京日記 他六篇	内田百閒
佐藤佐太郎歌集	佐藤志満編
西脇順三郎詩集	那珂太郎編
草野心平詩集	入沢康夫編
金子光晴詩集	清岡卓行編
大手拓次詩集	原子朗編
評論集 滅亡について 他三十篇	武田泰淳 川西政明編
山岳紀行文集 日本アルプス	小島烏水 近藤信行編
雪中梅	末広鉄腸 小林智賀平校訂

岩波文庫の最新刊

カミュ作／三野博司訳
ペスト

突然のペストの襲来に抗う人びとを描き、巨大な災禍のたびに読み直される現代の古典。カミュ研究の第一人者による新訳が作品の力を蘇らせる。
〔赤N五一八-一〕 定価一三二〇円

イェンセン作／長島要一訳
王の没落

デンマークの作家イェンセンの代表作。凶暴な王クリスチャン二世と破滅的な傭兵ミッケルの運命を中心に一六世紀北欧の激動を描く。
〔赤七四六-一〕 定価一一二二円

ヘーゲル著／上妻精・佐藤康邦・山田忠彰訳
法の哲学(下)
―自然法と国家学の要綱―

一八二一年に公刊されたヘーゲルの主著。下巻は、家族から市民社会、そして国家へと進む「第三部 人倫」を収録。現代にも通じる洞見が含まれている。（全二冊）
〔青六三〇-三〕 定価一三八六円

ヴァルター・ベンヤミン著／今村仁司、三島憲一 他訳
パサージュ論(三)

夢と覚醒の弁証法的転換に、ベンヤミンは都市の現象を捉え、根源の歴史に至る可能性を見出す。思想的方法論や都市に関する諸断章を収録。（全五冊）
〔赤四六三-五〕 定価一三二〇円

……今月の重版再開……

田山花袋作
一兵卒の銃殺
定価六一六円
〔緑二一-五〕

ミシェル・ビュトール作／清水徹訳
心変わり
定価一二五四円
〔赤N五〇六-一〕